Frank-Martin Stahlberg

Lila 3

Die Rache

Fantasyroman

Mit Illustrationen des Verfassers

Weitere Bände der Fantasyreihe `Lila`:

    Lila 1, Teuflische Experimente
    Lila 2, Das Duell
    Lila 4, Verloren
    Lila 5, Tödliche Königin

© - copyright 2016 by Frank-Martin Stahlberg
Frank-Martin Stahlberg
Lila 3
Die Rache

Umschlaggestaltung, Titelbild und Illustrationen:
Frank-M. Stahlberg

Herstellung und Verlag:
BoD – Books on Demand, Norderstedt
ISBN 978-3-7392-4306-1

Bibliografische Information der Deutschen Nationalbibliothek
Die Deutsche Nationalbibliothek verzeichnet diese Publikation in der Deutschen Nationalbibliografie; detaillierte bibliografische Daten sind im Internet über http://dnb.d-nb.de abrufbar

1

"Milla?"
"Mhm?"
"Schläfst du schon?"
"Mm, Mm, jetzt nicht mehr! Was ist denn?"
"Ach, eigentlich nichts, ich wollte dich nicht wecken! Ich kann bloß nicht schlafen, und da dachte ich, wenn du auch nicht schläfst, könnten wir uns noch ein bißchen unterhalten."
Camilla, die vergangene Woche ihren fünfzehnten Geburtstag gefeiert hatte, drehte sich zu ihrer zwölfjährigen Cousine Lila um, von welcher nur das Gesicht und die Flügel unter der Decke hervorsahen: "Macht nichts, daß du mich geweckt hast, Lil, ich hatte sowieso gerade einen doofen Traum."
"Was ist eigentlich mit dir und Bregard los?" wollte Lila wissen, "ihr trefft euch ja kaum noch. Seid ihr nicht mehr verliebt?"
"Na ja, eigentlich schon, zumindest so'n bißchen. An sich find' ich ihn in Ordnung, bloß in letzter Zeit will er mehr, so überall rumgrabbeln und so, und auf Umwegen will er mir zu verstehen geben, daß er auch mit mir ... , ach, du weißt schon, aber das will ich nicht, jedenfalls jetzt noch nicht. Dann ist er immer gleich beleidigt, und das kann ich nicht ab! Darum halte ich erstmal ein wenig mehr Abstand, verstehst du?"
"Na klar, das fänd' ich auch extrem lästig. Igitt, wenn ich mir das vorstelle ... !"
"Nun, soo schlimm ist so was auch nun wieder nicht! Ich will es nur einfach noch nicht."
"Laß uns lieber über 'was anderes reden, Milla, ich find' solche Sachen ziemlich peinlich! Willst du denn später immer noch mit ihm zusammenziehen? Er wollte doch mal, als wir hierher gezogen sind, mit dir zusammen ein Haus bauen."
"Nee, das ist vorläufig kein Thema mehr für mich. Ganz vielleicht irgendwann einmal ... "
"Find ich auch besser so", bekannte Lila erleichtert, "ich möchte, daß du hier wohnen bleibst!"

"Du Lil, hättest du nicht auch Lust, einen Flug zur Ruinenstadt zu machen? Ich sähe mir gern die unterirdischen Paläste mal näher an. Als wir da gefangen waren, hatten wir ja kaum Gelegenheit dazu!"
"Hm", machte Lila nachdenklich, "Lust hätt' ich schon, aber meine und deine Mama erlauben das sicher nicht. Schließlich laufen da bestimmt immer noch etliche von Urkalans Monstern 'rum!"
"Ach ja, daran habe ich gar nicht mehr gedacht, denen möchte ich auch auf keinen Fall wieder begegnen!"
"Wir könnten ja fragen, ob wir Corinna besuchen dürfen oder Bernhard, Martha und Anna", schlug Lila vor.
"Corinna zu besuchen, hätte ich schon Lust", stimmte Camilla zu, "mit der kann man auch immer über neue Sachen reden und was unternehmen, bei Martha und Bernhard kann es eher schon mal langweilig werden. Wir könnten sonst auch mal wieder zu Meliolantha fliegen, vielleicht zaubert sie uns etwas vor!"
"Nein", widersprach Lila, "Mama hat gesagt, daß Meli mit Lisbeth irgendwohin, ganz weit weg, gefahren ist."
"Na gut, dann machen wir ... ", Camilla kam nicht mehr dazu, ihren Satz zu beenden, denn sie wurde von einem zarten Klopfen an der Fensterscheibe unterbrochen.
"Das ist bestimmt Bregard", mutmaßte Lila, "auf den hab' ich jetzt absolut keinen Bock, laß uns so tun, als schliefen wir!"
"Ich glaube nicht, daß Bregard hier mitten in der Nacht ankäme, weil er weiß, daß du ja auch hier bist, und wenn er es doch ist, muß es schon wirklich etwas Dringendes sein. Ich schau mal lieber nach!"
Die junge Elfe sprang aus dem Bett, lief zu dem runden Fenster ihres Zimmers, welches das Obergeschoß des Baumhauses bildete, in dem die beiden Mädchen mit ihren Müttern wohnten, und blickte hinaus, zunächst, ohne es zu öffnen. Auch Lila kam nun hinzu, doch vorerst konnten sie nichts Besonderes entdecken; der Biberteich, über den die riesige Buche den Ast streckte, auf dem sich ihr Haus befand, lag still im Schein des aufgehenden Halbmondes, und die einzigen Geräusche,

die sie im Augenblick vernahmen, waren die Rufe eines Käuzchens und das gelegentliche Quaken der Frösche.
"Vielleicht war es nur eine Meise, oder so", meinte Lila, "ich gehe wieder ins Bett."
"Meisen sind nachts nicht unterwegs", belehrte Camilla die Jüngere und wollte sich gerade ebenfalls abwenden, als sich das Klopfen wiederholte. Camilla öffnete kurzentschlossen das Fenster und sah hinaus. Was sie dort erblickte, setzte sie in höchstes Erstaunen: An der hölzernen Außenwand, sich mit den Fingerspitzen der einen Hand und den Zehen in die Ritzen klammernd, hing dort ein entfernt elfenähnliches Wesen, nur etwas weniger zart aussehend und ohne die bei Elfen selbstverständlichen, libellenähnlichen Flügel. Es hatte wirres dunkles Haar, schwarze große Augen, die offenbar gut an die Dunkelheit angepaßt waren, eine knubbelige Nase, einen hübschen Mund sowie kräftige Hände und Füße. Der Körper war mit einem dunkelbraunen Wams und einem gleichfarbigen kurzen Rock gekleidet. Es starrte Camilla mit einem leicht ängstlichen Ausdruck in die Augen.
"Hallo, wer bist du denn, und was willst du?" fragte Camilla und sah dem nächtlichen Besucher fragend ins Gesicht. Auch Lila war wieder herangekommen und guckte Camilla erst erschrocken, dann neugierig erstaunt über die Schulter.
"Ich bin Gnumba", sagte das Wesen mit piepsiger, etwas rauher Stimme, "ich wollte zu, öh, Lila und Camilla, bin ich da richtig?"
Während dieser Worte hatte es die Augen unter den Blicken der Elfen verlegen niedergeschlagen und fühlte sich sichtlich unwohl.
"Ja, da bist du richtig", beeilte sich Lila zu sagen, "komm erstmal herein, das ist doch viel zu unbequem, so da zu hängen!"
Dankbar ließ sich der überraschende Gast von Lila und Camilla hereinhelfen.
Lila stellte fest, daß die Haut des Wesens dunkler war, und sich fester anfühlte als die der Elfen. Zudem ging ein leicht erdiger Geruch von ihr aus - daß es eine sie

war, konnte man ja von dem Namen und der Kleidung ableiten. Sie stand nun vor ihnen und trat nervös von einem Fuß auf den anderen. Stehend hatte sie in etwa Lilas Größe, also etwa sechzehn Zentimeter.
"Können wir irgendetwas für dich tun, Gnumba?" brach Camilla das Schweigen, "du bist doch sicher nicht einfach nur so aus Spaß hier mitten in der Nacht aufgetaucht!"
"Ich, öh, ich wollte fragen ... , öh, ich dachte ... , öh, ich meine, weil ihr doch ... , öh ... ."
"Nun mal ganz ruhig", versuchte Camilla Gnumba die Angst zu nehmen, "du kannst uns um alles bitten, was du willst, niemand reißt dir deswegen gleich den Kopf ab, oder so!"
Unwillkürlich griff sich die Angesprochene mit den Händen an den Kopf, so, als müsse sie überprüfen, ob er noch da sei, dann aber nahm sie einen neuen Anlauf: "Öh, wir Gumben stecken in Schwierigkeiten, öh, und weil wir mitbekommen haben - wir, öh, na ja, hauptsächlich ich, öh, haben euch nämlich seit längerem beobachtet und belauscht … ", dabei wurde Gnumbas Gesichtsfarbe noch dunkler, und sie wand sich förmlich vor Verlegenheit, "daß ihr es geschafft habt, öh, mit dem großen Zauberer fertig zu werden, öh, wollten wir fragen, öh, ob, öh ... ."
"Da wolltet ihr uns fragen, ob wir euch helfen können", beendete Lila Gnumbas Satz, da diese schon wieder ins Stocken geriet.
"Ja, öh, genau", bestätigte die Gumbin und rang zu Boden blickend die Hände, "und weil sich keiner getraut hat, öh, mußte ich zu euch gehen, öh, weil ich euch am besten, öh, kenne."
"Wo lebt ihr denn?" wollte Camilla wissen, "wir haben noch nie etwas von euch gesehen oder überhaupt gewußt, daß es so etwas wie Gumben gibt."
"Und du könntest uns auch mal sagen, wie alt du bist", warf Lila ein.
"Ich, öh, ich bin vierzehn Sommer alt, öh, und wir leben am Rand der Umbnugödnis, öh, in der die alte tote Stadt liegt, öh, wo der Zauberer gehaust hat. Wir

wohnen nicht in so, öh, Häusern, öh, wie ihr, sondern graben uns, öh, Wohnhöhlen in die Erde."
"Und bei was braucht ihr jetzt unsere Hilfe?" erkundigte sich Camilla, "Urkalan, also der Zauberer, ist doch tot."
"Öh, ja schon, öh, der hat uns ja auch gar nicht, öh, bedroht, der, öh, wußte gar nichts von uns. Aber seit er da in den Ruinen, öh, gewohnt hat, gab es immer mehr, öh, komische, veränderte Tiere. Den, öh, den meisten konnten wir aus dem Weg gehen, aber dann, öh, kamen die schlimmsten; wir nennen sie, öh, Reißzahnteufel. Sie sind ziemlich, öh, klein, ungefähr so lang wie mein Bein, öh, sie haben vier Beine, können aber auch auf zweien laufen. Auf dem Rücken haben sie ledrige, öh, Flügel, aber sie können nicht, öh, fliegen. Das Schrecklichste aber ist ihr Kopf: Er besteht fast nur aus nadelspitzen, langen, öh, Zähnen, und damit stürzen sie sich auf alles, was sich, öh, bewegt. Wenn sie sich erst einmal, öh, festgebissen haben, bekommt man sie praktisch gar nicht mehr, öh, los, dazu treten sie meistens auch noch in größeren Rudeln auf, so zehn bis zwanzig Stück, und man kriegt sie nur ganz schwer, öh, tot. Die haben sich schon in drei von unseren, öh, Wohnhöhlen hineingegraben und fast alle aufgefressen, nur zwei sind, öh, entkommen. Wir können zwar gut, öh, graben und bauen, aber nicht, öh, kämpfen, und da wollten wir euch fragen, ob ihr uns nicht vielleicht, öh, helfen könnt!"
"Hm", machte Camilla, "klar wollen wir gerne helfen, aber wir Elfen sind auch nicht gerade tolle Kämpfer. Wir können morgen ja mal unseren Dorfobersten Histran fragen, was wir da unternehmen können."
"Öh, Gnubbel, unser Häuptlingsgumb, hat gesagt, daß, öh, nur ihr zwei, oder vielleicht noch ein oder zwei mehr, von uns Gumben wissen dürft, weil es sich sonst herumsprechen könnte, daß es uns, öh, gibt, und dann könnten wir uns nicht mehr schützen!"
"Das ist ja toll!" rief Lila aus, "und wie bitteschön sollen wir euch dann helfen? Wir sind doch nur zwei Elfenmädchen und können eher noch weniger als ihr gegen solche Biester kämpfen!"

Das Gumbenmädchen fing an zu weinen. "Das hab ich Gnubbel auch gesagt", schluchzte sie, "aber er bestand darauf und meinte, ihr Elfen wärt ja, öh, intelligenter als Gumben, euch werde schon etwas einfallen, außerdem kenntet ihr, öh, Menschen, von denen ihr einen, öh, vertrauenswürdigen, öh, verschwiegenen um Hilfe bitten könnt."
"Stimmt", bestätigte Lila, "wir können ja Meli, die Zauberin um Rat fragen!"
"Nee, das geht nicht", widersprach Camilla, "die ist doch mit Lisbeth weggefahren. Höchstens vielleicht Bernhard, obwohl ich ihn nicht gerne schon wieder um Hilfe bitten möchte."
"Oder wir fragen Corinna, die würde uns bestimmt helfen!" schlug Lila vor, "wir wollten sie doch sowieso besuchen."
"Ja, das wäre eine Idee", stimmte Camilla zu, "aber der Weg ist ganz schön weit und würde einige Zeit in Anspruch nehmen, schließlich wohnt sie noch erheblich weiter weg als Bernhard."
"Öh, könntet ihr nicht erstmal, öh, so mitkommen? Dann könntet ihr euch selbst ein, öh, Bild machen, und dann könnten wir in, öh, Erfahrung bringen, ob es Gnubbel überhaupt recht ist."
"Na gut, Gnumba, aber dann dauert es insgesamt noch länger, weil wir ja noch bis zu euch und zurück mitkommen müssen, und das wird wohl ganz schön lange dauern, da du ja ziemlich klein und zu Fuß bist!"
"Oh je, nein, das wäre ja furchtbar, so einen weiten und gefährlichen Weg zu Fuß, öh, zurückzulegen!" entsetzte sich die Gumbin, "ich habe natürlich ein Reittier!" setzte sie stolz hinzu.
"Und was ist das für ein Reittier, wenn man fragen darf?" erkundigte sich Lila interessiert.
"Ich habe einen, öh, Falken als Reittier!" verkündete Gnumba selbstzufrieden.
Lila erschrak: "Was ist, wenn er uns fressen will?"
"Keine Angst, er ist gut, öh, dressiert!" beschwichtigte Gnumba, "er frißt nur, was ich ihm gebe."

"Also gut, wir kommen mit", versprach Camilla, "aber mir müssen bis zum Morgen warten, denn wir können nicht weg, ohne unseren Müttern Bescheid zu sagen. Wir erwähnen natürlich nichts von euch Gumben", setzte sie noch schnell hinzu, als sie Gnumbas bedenkliches Gesicht sah, "wir sagen einfach nur, daß wir Conny besuchen, o.k. Lil?"
"O.k., Milla!"
"Ich gehe lieber wieder hinaus, bevor mich noch jemand, öh, bemerkt", sagte das Gumbenmädchen, "ich warte am Eingang der Schlucht, die zur Umbnugödnis führt, auf euch." Mit diesen Worten stieg sie aus dem Fenster und kletterte geschickt außen an der Wand, anschließend am Stamm der Buche hinunter und verschwand im Dunkel der Nacht.
Am nächsten Morgen bestürmten Lila und Camilla ihre Mütter mit Bitten und Betteln, ob sie Corinna besuchen durften.
"Bitte, bitte Mama, wir haben doch schon soo lange nichts mehr unternommen!" wandte sich Lila an Sara, "wir passen auch ganz doll auf!"
"Na ja", mischte sich Killy, Camillas Mutter, ein, "was man von eurem Aufpassen zu halten hat ... !"
"Och komm, Mama", entrüstete sich Camilla, "die letzte Zeit waren wir ja wohl echt vorsichtig, das mußt du zugeben!"
"Na gut, meinetwegen, aber, meint ihr, ihr findet den Weg wieder? Ihr wart ja erst einmal da, und da hatte euch Corinna mitgenommen und auch wieder zurückgebracht."
"Doch, doch", versicherte ihre Tochter, "ich habe ganz genau aufgepaßt. Den Weg finde ich im Schlaf wieder!"
"Im Schlaf! Das glaube ich gerne, aber du sollst ihn in wachem Zustand finden!" spöttelte Killy. "O.k., von mir aus dürft ihr. Was meinst du dazu, Sara?"
"Ich hab' auch nichts Besonderes dagegen einzuwenden, auch wenn ich es nie gerne sehe, wenn die beiden Mädchen so alleine losziehen. Aber ich denke, sie haben in der Vergangenheit genug Schreckliches erlebt, um

mit genügender Vorsicht vorzugehen. Wann wollt ihr denn los?"
"Jetzt gleich!" riefen beide wie aus einem Munde.
"Das war wohl eine dumme Frage von mir", kommentierte Sara, "was hätte man schon von euch für eine andere Antwort erwarten können!"
Die Mädchen grinsten, und Camilla fragte: "Können wir denn etwas zu essen mitnehmen?"
"Aber natürlich", kam es sofort von Killy zurück, "darauf bestehe ich sogar! Was glaubt ihr denn, wann ihr wieder zurückkommt?"
"Keine Ahnung", erwiderte Camilla, "erstens wissen wir nicht so genau, wie lange wir für den Weg brauchen, und zweitens, ob und wenn ja, wie lange es Corinna überhaupt paßt. Vielleicht so ein bis zwei Wochen?"
"Na gut, sagen wir, ihr seid in spätestens zwei Wochen wieder hier, klar?"
Die Kinder nickten und begannen sich Lebensmittel für den langen Flug einzupacken.
"Damit wollt ihr doch wohl nicht auskommen", kritisierte Lilas Mutter, "das reicht ja nicht einmal für die Hälfte des Weges!"
"Wir können uns doch auch unterwegs noch 'was suchen", widersprach Lila, "wenn wir noch mehr mitschleppen müssen, können wir ja bald gar nicht mehr fliegen!"
Sara schüttelte nur den Kopf, sagte aber nichts weiter, und auch Killy enthielt sich eines Kommentars. Lila und Camilla verabschiedeten sich kurz und bündig, mußten noch eben die üblichen 'guten Ratschläge' der Erwachsenen über sich ergehen lassen, die, wie meist, zum einen Ohr hinein und zum anderen wieder hinaus gingen, und flogen dann in Richtung Südwesten, in welcher Corinna wohnte, davon. Erst nach einer ganzen Weile, als sie sich sicher wähnten, nicht mehr gesehen zu werden, änderten sie ihre Flugrichtung und bogen nach Nordosten ab, um das Dorf in großem Abstand zu umfliegen.
"Na, ihr fliegt aber einen merkwürdigen Kurs!" erklang plötzlich aus den Büschen neben ihnen eine Stimme.

Dann kam ein Elfenmädchen daraus hervor, und sah sie triumphierend an. "Ich hab mir doch gleich gedacht, daß da 'was nicht stimmt!"

"Renata, was machst du denn hier?" äußerte Camilla unangenehm überrascht, "und was willst du überhaupt von uns?"

"Ich will mit!" sagte die Vierzehnjährige bestimmt.

"Mit? Wohin denn?" wollte Lila wissen.

"Wohin wohl? Frag doch nicht so blöd! Zu dieser komischen flügellosen Elfe, die euch gestern Nacht besucht hat, da wollt ihr doch hin, oder?!"

"Woher weißt du das!?" erkundigte sich Camilla, "und wer weiß noch davon?"

"Keiner, ich habe es niemandem erzählt, Ehrenwort! Kann ich denn nun mit?"

Lila und Camilla sahen sich an.

"Na gut, komm mit", entschied Camilla, "aber du darfst niemals jemandem etwas davon verraten, verstanden?!"

"Ja, verstanden!"

"Du mußt es schwören!" befahl Lila.

"O.k., ich schwöre es!"

"Was hast du denn deinen Eltern erzählt, wohin du fliegst, Renata?"

"Ich hab' gesagt, ich besuche mit euch Bernhard, Martha und Anna."

"Oh je, hoffentlich geht das gut", meinte Lila besorgt, "wir haben unseren Müttern nämlich erzählt, daß wir Corinna besuchen wollen!"

"Ach, meine Eltern werden schon nicht so genau nachfragen", winkte Renata leichterhand ab, "die waren froh, daß ich mal mit euch 'mit durfte'."

Während sie nun weiterflogen, bat Renata: "Nun erzählt doch mal, was war das vergangene Nacht für eine, und was wollte die von euch?!"

So setzten Lila und Camilla Renata davon in Kenntnis, was das Gumbenmädchen Gnumba veranlaßt hatte, sie aufzusuchen und was sie jetzt vorhatten.

"Ey, das hört sich ja richtig spannend an", rief Renata, "das gibt sicher ein richtiges Abenteuer!"

"Freu dich nicht zu früh", dämpfte Camilla ihre Euphorie, "das könnte auch ganz schön gefährlich und unangenehm werden! Vielleicht genauso schlimm wie mit Urkalan damals. Und denk mal daran zurück, wie es dir da ergangen ist!"
Man sah, daß Renata diesen Rat befolgte, denn sie wurde blaß und schluckte.
"Und, willst du trotzdem weiter mitmachen?" fragte Lila und blickte Renata erwartungsvoll an. Doch wenn sie gedacht hatten, daß sich Renata so von ihrem Vorhaben abbringen lassen würde, hatten sie sich getäuscht.
"Natürlich mache ich weiter mit!" erklärte sie mit lauter Stimme, die allerdings dabei verdächtig schwankte, "das lasse ich mir nicht entgehen!"
Eine knappe halbe Stunde später näherten sie sich dem Eingang des schmalen, tief eingeschnittenen Tales, welches zu der Hochebene führte, auf der die Ruinenstadt lag.
"Hier irgendwo wollte Gnumba auf uns warten", erklärte Lila, "aber vielleicht traut sie sich nicht hervor, weil du jetzt noch dabei bist", setzte sie mit Blick auf Renata hinzu. Diese Befürchtung erwies sich allerdings als grundlos: Fast mit Lilas letztem Wort kam Gnumba aus der Krone eines niedrigen Baumes geklettert und lief auf sie zu. Ehe sie groß Fragen stellen konnte, ergriff Camilla das Wort: "Das hier ist Renata, wir haben sie mitgenommen, weil sie dich letzte Nacht gesehen hat, also sowieso schon von dir wußte. Sie hat genauso wie wir versprochen, nichts von eurer Existenz zu verraten, und will uns bei dem Vorhaben nach besten Kräften helfen."
"Hallo, öh, Renata, ich bin Gnumba. Freut mich, daß du, öh, helfen willst." Sie streckte Renata ihre Hand hin, die diese auch sofort ergriff.
"Hallo Gnumba, schön dich kennenzulernen", sagte sie, während sie das fremde Mädchen neugierig musterte. Wie schon bei Lila und Camilla blickte die Gumbin auch dieses Mal sogleich zu Boden und wurde rot. Offensichtlich waren ihr solche Begegnungen alles andere als

vertraut, und sie fühlte sich unsicher. Lila fand diese Tatsache etwas belustigend und merkwürdig; sie waren doch alles Mädchen und dazu noch ungefähr einer Altersstufe! Dann aber hielt sie sich vor Augen, daß Gnumba immerhin als einzige keine Elfe war und sich vielleicht schon deshalb etwas außen vor fühlte.
"Wollen wir los, Gnumba?" fragte sie, ehe noch eine unangenehme Schweigepause eintreten konnte.
"Ja, das wollte ich auch gerade, öh, vorschlagen", antwortete Gnumba, steckte umgehend zwei Finger in den Mund und ließ einen scharfen Pfiff ertönen. Einen kurzen Augenblick später kam ein Falke im Sturzflug aus großer Höhe herabgeschossen. Renata schrie entsetzt auf und schwang sich voller Panik in die Luft, um zu fliehen. Da sie jedoch so überstürzt handelte, übersah sie einen herabhängenden Ast, prallte dagegen und stürzte zu Boden, wo sie wimmernd, die Hände schützend über den Kopf gelegt, liegen blieb.
"Oh je", meinte Lila betroffen, "wir haben ganz vergessen, ihr von deinem Reittier zu berichten!" Schnell lief sie zu dem verstörten Mädchen und zog die sich heftig sträubende vorsichtig hoch.
"Hey, Renata, du brauchst keine Angst zu haben, der Falke wird dir nichts tun. Es ist nur Gnumbas Fortbewegungsmittel, weil sie sonst für den Weg so lange brauchen würde. Er ist gut erzogen und frißt nichts anderes als das, was Gnumba ihm gibt!"
Renata nahm zögernd die Hände vom Kopf und blickte aus tränengefüllten Augen ängstlich zu dem eleganten Flieger hinüber. Als sie sah, wie die Gumbin den Vogel streichelte und dann auf seinen Rücken kletterte, auf dem ein kleiner Reitsattel festgeschnallt war, beruhigte sie sich und stand, noch immer leicht zitternd, wieder auf.
"Es tut uns leid, daß wir vergessen haben, dir davon zu erzählen", entschuldigte sich auch Camilla für das Mißgeschick und fuhr dann an Gnumba gewandt fort: "Flieg aber bitte nicht so schnell, denn mit der Geschwindigkeit eines Falken können wir bei weitem nicht mithalten!"

"Ist schon, öh, klar!" erwiderte diese vom Rücken des Vogels aus. "Am besten, ihr fliegt anfangs, öh, voraus, dann krieg' ich mit, wie schnell ihr seid und kann mich danach, öh, richten!" Sie griff nach einem Paar Zügel, die zum Kopf des Falken führten, zog kurz daran und stieß dabei erneut einen Pfiff aus. Das Tier reagierte prompt, startete mit kräftigem Flügelschlag und gewann dann in weiten Kreisen an Höhe, um endlich auf der Stelle flatternd zu warten, bis auch die drei Elfen abgehoben hatten und voranflogen. Erst, als sie das karge Hochplateau erreicht hatten, übernahm Gnumba die Führung. Mittlerweile hatte sie ja auch genügend Zeit gehabt, sich auf das Flugtempo der Elfen einzustellen, so daß sie ihren Falken so weit zügelte, daß die anderen problemlos folgen konnten. Der Kurs führte sie am Rand der Einöde entlang, denn die Gumben hatten ihre Siedlung natürlich nicht mitten in einer Landschaft gegraben, die ihnen weder Wasser noch Nahrung bot.

"Nicht lange und wir sind da!" rief Gnumba ihnen zu und lenkte zugleich ihren Falken nach unten, zwischen windzerzauste Kiefern und Fichten. Heute allerdings wehte nur ein warmer, harzduftender Hauch durch den lichten Wald, dessen Boden größtenteils mit hohem, weichem Gras bedeckt war.

"Hier ist es ja richtig schön", stellte Lila fest, "das hätte ich gar nicht gedacht, so dicht an dieser trostlosen Hochebene!"

"Ja, öh, nicht wahr?!" kam es von Gnumba, "deshalb haben wir uns ja auch diese Gegend ausgesucht. Niemand vermutet hier ein schönes, öh, Plätzchen, darum sind wir hier bislang auch immer, öh, ungestört gewe..., Vorsicht, Lila, paß auf!" unterbrach sie sich mit diesem lauten Warnschrei. Lila sah von einem der Bäume etwas Braunes auf sich zuschnellen und konnte gerade so eben mit einem kräftigen Flügelschlag ausweichen. Etwas streifte noch schmerzhaft ihr Bein, dann vernahmen sie einen dumpfen Aufprall unter sich. Erschrocken blickten sie hinter dem Angreifer her, der nun auf zwei Beinen am Boden hockte, die Vorderbeine

mit ausgefahrenen Krallen an den Zehen nach ihnen reckend, das entsetzliche Gebiß bleckte und ein zischendes Fauchen von sich gab. Es war eines der von den Gumben Reißzahnteufel genannten Raubwesen, das nun versuchte, mit wild schlagenden Flügeln nach ihnen zu springen. Das etwa sechs bis sieben Zentimeter lange Untier hatte eine erdbraune Körperfarbe, sehnige Vorder- und Hinterbeine mit ausgeprägten Klauen und scharfen langen Krallen, kleine, lederhäutige, fledermausähnliche Stummelflügel und einen nahezu fleischlosen Kopf mit seitlich liegenden, runden Augen. Das mit weißlichtransparenten, messerscharfen Reißzähnen bestückte Maul nahm die komplette Kopfhöhe in Anspruch, während hinten ein verkümmerter Schwanz das rückwärtige Körperende bildete.
"Laßt uns lieber wieder, öh, höher fliegen", schlug Gnumba besorgt vor, "wo einer ist, sind meist auch noch mehr, und mit ausgebreiteten Flügeln können sie ganz schön weit springen, wie ihr, öh, gesehen habt!"
Voller Abscheu blickten sie noch einmal auf das tobende Geschöpf, welches das hoffnungslose Unterfangen noch nicht aufgegeben hatte und immer neue wilde Sprünge vollführte. Während sie schnell an Höhe gewannen, sahen sie noch, daß sich tatsächlich nach und nach, von dem hektischen Gebaren des einen angelockt, weitere dieser abstoßenden Spezies einfanden.
"Die sind ja echt widerlich", schüttelte sich Camilla, "guck dir bloß diese Reißzähne an! Wenn der dich damit erwischt hätte ... !"
Lila schauderte: "Und mit denen sollen wir uns anlegen?! Ich weiß ja nicht, da wird einem ja ganz anders!"
Renata sagte gar nichts, aber ihr Gesicht sprach Bände.
Gnumba sah ziemlich unglücklich drein: "Ich will euch ja gar nicht zu etwas bringen, was ihr nicht, öh, schaffen könnt oder was für euch zu gefährlich, öh, wird! Wir dachten ja auch nur, daß ihr, öh, vielleicht Einfälle hättet und uns, öh, Tips geben, oder uns Hilfe von den Menschen bringen könntet."

"He, Gnumba, so war das doch nicht gemeint", beeilte sich Lila zu versichern, "natürlich wollen wir euch immer noch helfen! Ich hatte bloß einen Schrecken gekriegt, die sahen eben noch gräßlicher aus als ich mir nach deinen Beschreibungen vorgestellt habe."
Weiter voraus erklang jetzt ein scharfer Pfiff, den Gnumba mit einem ähnlichen beantwortete. Sie deutete auf einen weit entfernt fliegenden Vogel: "Das ist, öh, Grumbor, mein Onkel."
"Meine Güte, hast du scharfe Augen!" staunte Renata, "oder hast du ihn an dem Pfiff erkannt?"
"Nö, das nicht, und so tolle Augen habe ich, öh, auch nicht, aber er hat bei seinem Falken eine silberne, öh, Platte am Zaumzeug, und die habe ich in der Sonne aufblitzen sehen," erklärte ihre Führerin.
"Sag mal", wollte nun Camilla wissen, "hat jeder von euch so einen Falken?"
"Nein, nur einige aus meiner, öh, Verwandtschaft", erläuterte Gnumba, "es ist sehr schwer, einen Falken zum Reiten zu dressieren, und das Wissen darüber wird nur in unserer, öh, Familie seit vielen Generationen weitergegeben. Dazu muß man auch schon im, öh, Kükenstadium anfangen, später kann man ihnen seinen Willen nicht mehr, öh, aufzwingen."
Während ihrer Worte war ihr Onkel hinzugekommen und betrachtete die Elfenmädchen mit unverhohlener Neugier. Grumbor besaß nur wenig Ähnlichkeit mit Gnumba, er war wesentlich knorriger gebaut, und sein von vielen Lachfalten durchzogenes Gesicht war beim besten Willen nicht als gutaussehend zu bezeichnen.
"Na, aber hallo!" rief er mit rauher Stimme, "wen hast du denn da alles mit angeschleppt, Gnummi?"
"Öh, das ist mein Onkel Grumbor, und das, Onkel, sind Camilla, Lila und Renata."
"Hallo, Grumbor", grüßten die drei im Chor.
"So sehen also Elfen aus", stellte er breit grinsend fest, "nicht schlecht, gar nicht schlecht!"
"Onkel!" sagte Gnumba streng und vorwurfsvoll.
"Oh, entschuldigt!" bat dieser auch sogleich, "ich wollte nicht unhöflich sein, seid uns willkommen!" Dann lenkte

er seinen Vogel zur Seite und landete auf einer größeren grasbestandenen Lichtung. Gnumba und die Elfen folgten. Erst als sie am Boden waren, erkannten die Elfen etliche zwischen den hohen Gräsern verborgene Eingänge zu den unterirdischen Bauten der Gumben, aus welchen jetzt die Bewohner in großer Zahl herauskamen, um die Neuankömmlinge zu bestaunen. Besonders die Kinder unter ihnen ließen es an jeglicher Zurückhaltung mangeln und drängten sich an die Mädchen heran, um sie, und dabei besonders ihre Flügel, zu betasten. Da sie dabei jedoch nicht ruppig vorgingen, ließen die drei es ohne Murren über sich ergehen, bis die Eltern ihre Sprößlinge zurückriefen und ein besonders dicker, älterer Gumb vortrat.
"Ich bin Gnubbel, Häuptling der Gumben und heiße euch im Namen aller Anwesenden willkommen", begrüßte er sie recht förmlich und sah sie der Reihe nach aus seinen kleinen, zwischen Fettpolstern hervorblinzelnden Augen an, während nun Gnumba ihrerseits die Elfen namentlich vorstellte.
"Schluß jetzt mit dem wichtigtuerischen Gesabbel!" unterbrach eine volle Frauenstimme, als Gnubbel gerade wieder Luft holte, um fortzufahren. Dabei drängte die Inhaberin der Stimme, eine ebenfalls sehr rundliche Person, deren äußere Form sich mit Erfolg derjenigen einer Kugel näherte, die vor ihr Stehenden beiseite und umarmte die drei Mädchen warmherzig.
"Ich heiße Gulda und bin die Frau von diesem Schwätzer. Kommt mit herein, ihr habt doch sicher Hunger und Durst, nicht wahr?" Mit diesen Worten schob sie die Elfen, gefolgt von ihrem beleidigt vor sich hin murmelndem Mann, ohne auf eine Antwort zu warten zum Eingang der nächstliegenden Wohnhöhle. In deren Innerem war es angenehm kühl und erstaunlich hell, obwohl keine Lampen brannten. Lila entdeckte schnell, daß das Licht aus Schächten in der Decke kam, die mit einem milchigen Glas verschlossen waren. Überall waren eingetopfte Blumen, derer viele in voller Blüte standen, über die Räume verteilt, gaben der Höhle einen freundlichen Anstrich und verbreiteten

überdies einen angenehmen, süßen Duft. Die Häuptlingsfrau bat ihre Gäste, an einem blankpolierten, steinernen Tisch Platz zu nehmen, der von zwei massiven Holzbänken flankiert wurde, und stellte Teller und Gläser vor sie hin.
"Los, raus hier, ihr Lauselümmel!" schimpfte sie mehrere Gumbenjungen an, die sich wißbegierig hinterhergeschlichen hatten und vorwitzig in den Raum lugten. Die kleinen Bengel gaben sofort Fersengeld, als Gulda auf sie zugewalzt kam und drohend die Faust schüttelte.
"Was kann ich euch denn anbieten?" wollte sie anschließend wissen, "zu trinken hätte ich Wasser, Blaubeer- oder Himbeersaft, oder Honigwein. Zu essen gebratene Pilze mit Blindschleichensteak oder Brot mit Hagebuttenmarmelade."
Die Elfenmädchen, die sich beim Erwähnen des Blindschleichenfleisches entsetzt angesehen hatten, entschieden sich einvernehmlich für die zweite Möglichkeit, der sich auch Gnumba anschloß. Während sich jedoch Lila, Renata und das Gumbenmädchen für Blaubeersaft als Getränk entschieden, wählte Camilla den Wein, schließlich war sie alt genug dafür, fand sie.
"Also, weshalb ich nach euch schicken li ... ", fing Gnubbel, der sich mit an den Tisch gesetzt hatte an, wurde jedoch sofort wieder 'abgewürgt'.
"Nichts da!" herrschte Gulda ihn an, "du läßt sie jetzt erst einmal in Ruhe essen, und dann bin ich dran, Fragen zu stellen, schließlich bin ich die Frau im Hause!"
Lila, Camilla und Renata grinsten sich verstohlen an: Der Chef hatte hier ja nicht gerade viel zu vermelden! Der Zurechtgewiesene hatte die Augen gesenkt und kaute wütend auf seinem Brot herum. "Immer mußt du mich rumkommandieren, was sollen denn die anderen von mir denken?!" grummelte er.
"Wenn du dich auch nicht zu benehmen weißt", konterte Gulda und gab ihm einen leichten Klaps auf den Rücken.

Als die Kinder das Essen beendet hatten, bat Gulda sie, von ihrem Zuhause zu erzählen, damit sie sich ein Bild vom Leben der Elfen machen könne.
"Das muß doch jetzt nicht sein!" begehrte Gnubbel auf, "schließlich sind sie doch gekommen, um uns von den Reißzahnteufeln zu befreien!"
"Doch, das muß wohl sein", widersprach Gulda, "wenn wir nichts über sie wissen, treten wir dauernd in irgendwelche Fettnäpfchen!"
"Außerdem", warf Gnumba ein, "sind sie noch gar nicht hier, um schon gegen diese Biester zu kämpfen, sondern ich habe sie mitgebracht, damit sie sich ein rechtes Bild von der drohenden Gefahr machen können. Schließlich müssen sie das ihren, öh, Menschenfreunden, die uns dann vielleicht helfen können, richtig, öh, zu beschreiben in der, öh, Lage sein."
"Siehst du, sag ich doch!" rief Gulda triumphierend, "du bist immer zu voreilig!"
Gnubbel zeigte nun ein noch verdrosseneres Gesicht, stand wortlos auf und verließ die Höhle. Die drei Elfen fühlten sich angesichts dieses Streites alles andere als wohl, doch Gulda versicherte ihnen, daß Gnubbel sich bald wieder beruhigt haben werde, und so kamen sie ihrem Wunsch nach Informationen über ihr Leben ausgiebig nach. Später kam auch Gnubbel wieder herein und beteiligte sich, als sei nichts gewesen, gutgelaunt an ihren Gesprächen.
"Ihr kennt also vertrauenswürdige Menschen, die eventuell bereit sind, uns beizustehen?" wollte er endlich wissen.
"Ja schon", sagte Camilla zögernd, "das Dumme ist nur, daß zur Zeit wahrscheinlich nur eine Menschenfrau da ist, die uns sofort helfen könnte, und selbst das ist nicht ganz sicher, denn wir stehen nicht im ständigen Kontakt, weil sie weit weg wohnt, und so wissen wir nicht, ob sie überhaupt da ist und ob sie Zeit hat, denn Menschen sind meistens sehr beschäftigt und können nicht einfach so mal weg von ihrer Arbeit wie wir."
"Am besten wäre es", fügte Lila hinzu, "wenn wir Meliolantha überreden könnten, denn sie ist eine

Zauberin mit viel Macht - und unsere Freundin. Aber leider ist sie verreist und ihre Hilfe könnten wir, wenn, dann erst erheblich später bekommen."
"Was heißt denn 'erheblich später'?" erkundigte sich Gulda.
"Na ja, so in drei oder vier Wochen", meinte Lila.
"Das könnte für viele von uns zu, öh, spät sein", stellte Gnumba fest.
"Das meine ich auch", stimmte Gnubbel zu, "dann versucht doch erstmal, ob diese andere Menschenfrau uns hilft. Wie lange würde das denn dauern?"
Camilla überlegte. "Ich denke, bis zu ihr können wir es in zweieinhalb bis drei Tagen schaffen, dann zurück ..., hm, das erste Stück fährt sie wohl wieder mit dem Zug, aber dann muß sie den Rest vermutlich zu Fuß gehen, also noch mal zwei Tage, sind zusammen so fünf Tage, wenn sie denn da ist."
"Oh je, das ist ja auch schon ganz schön viel", seufzte Gulda, "aber daran kann man ja nun nichts ändern."
"Ich kann ja auch, öh, mitfliegen", schlug Gnumba vor, "dann kann ich auf dem Rückweg schnell vorfliegen und Bescheid sagen, ob sie denn kommt."
"Gute Idee", lobte Gnubbel, "bist ein kluges Kind, könntest fast meines sein!"
"Das konnte ja nur wieder von dir kommen!" stöhnte Gulda und verdrehte die Augen, "wann wollt ihr denn losfliegen?"
"Ich würde sagen, öh, morgen früh", schlug Gnumba vor, "heut, öh, lohnt sich nicht mehr, es wird ja schon bald dunkel. Ihr könnt bei uns schlafen", fügte sie hinzu, "das hatte ich schon vorab mit meinen, öh, Eltern geklärt."
Lila, Camilla und Renata waren einverstanden, verabschiedeten sich von Gulda und Gnubbel, wobei sie noch versprachen, sich nach Kräften zu beeilen, und folgten dann Gnumba zu ihrer Höhle. Dort wurden sie freudig von ihrer Mutter Gnessa und ihrem Vater Grapp begrüßt und hineingebeten. Gnumbas Zuhause war deutlich kleiner als das des Häuptlings, aber nicht weniger gemütlich.

Nachdem sie ein weiteres Mal zum Essen genötigt worden waren, nahm Gnumba sie mit in ihr Zimmer. Dieses war kugelrund - bis auf den Fußboden natürlich - und hatte eine ebenso geformte Nische in der Wand, in der sich Gnumbas kuscheliges Bett befand. Für die Elfen hatte Gnessa auf dem Boden drei weiche Schlafstellen zurecht gemacht, wo sie dann kurze Zeit später von der Müdigkeit nach dem langen Tag überwältigt wurden und alsbald in tiefen Schlaf fielen.

2

Camilla erwachte mit einem dumpfen Schmerz im Kopf. Ihr war übel, und sie hatte das Gefühl, als seien die Augäpfel zu groß für die Augenhöhlen. Stöhnend richtete sie sich auf, dabei wurde ihr zu allem Überfluß auch noch schwindelig.

"Was ist los Milla?" fragte Lila besorgt, die durch Camillas Stöhnen geweckt worden war.

"Mir ist schlecht", klagte Camilla, "und ich hab' entsetzliche Kopfschmerzen! Ob ich vielleicht krank werde?"

"Ich glaube kaum", meinte die just ebenfalls erwachte Gnumba, "das kommt bestimmt vom, öh, Honigwein!"

"Ach ja", grinste Lila Camilla an, "du bist ja schon groß und kannst ruhig Alkohol trinken!"

"Bla, bla, du bist echt doof Lil", brummelte Camilla und hielt sich den Kopf, "wenn du nichts Besseres zu tun hast, als dich über mich lustig zu machen, halt lieber den Mund, sonst kannst du was erleben!"

"Ach ja? Aber beweg dich dabei nicht zu schnell, sonst kotzt du noch Gnumbas Zimmer voll!"

"Untersteh dich!" rief Gnumba entsetzt.

"Ihr seid alle gleich blöd!" schrie Camilla wütend, legte sich wieder hin und drehte den Kopf zur Wand.

"Wieso sind wir denn jetzt auf einmal alle blöd?" beschwerte sich Renata, "ich habe doch gar nichts gesagt!"

Aber Camilla antwortete nicht mehr, sondern preßte nur noch zusätzlich die Hände auf die Ohren.

"Ich glaub, öh, wir lassen sie erst mal in Ruhe, ich hab' das Zeug auch schon mal, öh, getrunken und weiß, wie man sich dann am nächsten Morgen, öh, fühlt. Ich denke", dabei blinzelte sie die anderen an und grinste breit, "wir gehen schon mal in die, öh, Küche und frühstücken. Es gibt gebratenen Mäuseschinken, Käsebrötchen, Eier, Honig, Marmelade und andere, öh, Leckereien!"

Daß Camilla zugehört hatte, merkten sie daran, daß sie anfing, hörbar zu würgen. Die Drei liefen lachend aus Gnumbas Zimmer und ließen die Leidende zurück.

"Na ihr Frühaufsteher", wurden sie von Gnessa empfangen, "habt ihr schon Hunger?"
"Na klar, öh, immer", rief Gnumba, "jedenfalls fast alle von uns!" Wieder fingen die drei an zu kichern.
"Was gibt es denn da zu gnickern?" wollte Gnessa wissen, "und wo ist die vierte im Bunde?"
"Die hat gestern zu viel Honigwein getrunken", erklärte Lila, "wenn die jetzt etwas essen müßte, würde sie sich bestimmt übergeben!"
"Ach du ahnst es nicht, die Ärmste! Ich werd mich gleich um sie kümmern", sagte Gnumbas Mutter mitleidig, "ihr kommt hier ja auch ohne mich klar!"
Während sich Gnumba, Lila und Renata gutgelaunt und heißhungrig über das vorbereitete Frühstück hermachten, bereitete Gnessa einen Trank aus Tomatensaft, rohem Ei, Pfefferschoten und einigen wirksamen Kräutern, mit dem sie dann Camilla aufsuchte.
"Laßt mich doch in Ruhe!" rief Camilla, ohne sich jedoch umzudrehen, als sie die Schritte hörte. Gnessa legte ihr sanft die Hand auf die Schulter: "Komm, mein Kind, ich habe hier etwas, das dir helfen wird!"
Camilla fuhr erschrocken hoch: "Oh, entschuldige, ich dachte, ... !"
"Schon gut, schon gut", beruhigte Gnessa, "ich habe das schon nicht falsch verstanden!" Sie hielt Camilla das Glas hin. "Trink das, es wird dir zwar nicht schmecken, aber es wird dir dann schnell wieder besser gehen!"
"Danke!" Camilla nahm das Glas und nippte vorsichtig daran, dann ließ sie es mit angewidertem Gesichtsausdruck sinken.
"Versuch es doch nochmal!" ermunterte Gnumbas Mutter, "einmal überwinden, dann hast du diese unangenehme Geschichte hinter dir, oder willst du dich etwa den ganzen Tag, und dazu noch auf so einem anstrengenden Flug, damit herumquälen?"
Camilla schüttelte leicht den Kopf, dann nahm sie ihren Mut zusammen und trank das Gebräu in einem Zuge aus. "Brrr!" Sie würgte und hatte alle Mühe, das Getränk nicht sofort in hohem Bogen wieder von sich zu

geben, doch der Übelkeitsanfall ging relativ rasch vorbei.
"Ich denke, in einer Stunde wird es dir besser gehen", versicherte Gnessa und strich Camilla übers Haar, "wenn du dich einigermaßen fühlst, kommst du einfach heraus, und nun leg dich wieder hin und ruh dich noch ein bißchen aus!" Mit diesen Worten verließ Gnessa das Zimmer, während Camilla anfangs noch etwas Mühe hatte, ihren rumorenden Magen zu beruhigen. Als sie später mit noch blassem Gesicht die Küche betrat, hatten die anderen ihr opulentes Mahl bereits beendet, und auch schon mit Hilfe Gnumbas Eltern die notwendigen Utensilien und Lebensmittel für die Reise gepackt.
"Na, geht's wieder?" fragte Gnessa, während sie mit einem scharfen Blick das zu erwartende Gespött der drei jüngeren schon im Keim erstickte.
Camilla nickte. "Mir ist nicht mehr übel, und die Kopfschmerzen sind auch fast weg."
"Meinst du, du bist schon so weit, daß ihr loskönnt? Gnubbel war schon zweimal hier und hat gedrängelt. Oder möchtest du erst noch etwas essen?"
"Och nee, lieber nicht, vielleicht nachher, unterwegs."
"Dann seht mal zu, daß es losgeht, schließlich könnte unser aller Leben davon abhängen", mahnte Grapp.
"Und Camilla", flüsterte Gnessa, die die älteste Elfe auf die Seite genommen hatte, "wenn ihr die Menschengegenden erreicht, haltet Gnumba im Auge, sie kennt sich mit Menschen und deren Apparaten, wie übrigens fast alle von uns hier, überhaupt nicht aus, und ich möchte nicht, daß ihr aus purer Unwissenheit ein Unglück zustößt."
"Wir werden schon auf sie aufpassen!" versicherte Camilla und gesellte sich wieder zu den anderen, die jetzt die Höhle verließen, um aufzubrechen. Draußen vor der Tür lief Gnubbel schon ungeduldig auf und ab und kam, nachdem er ihrer angesichtig wurde, eilends auf sie zu: "Das wird aber auch Zeit, es ist schon fast Mittag, und ihr seid immer noch nicht los!"

"Nun übertreib mal nicht, Gnubbel!" wies Gnessa ihn zurecht, "der Morgen ist noch nicht einmal halb vorüber, zudem ist es ein großer Gefallen, zu dem die Elfen überhaupt nicht verpflichtet sind, sondern ihn aus reiner Freundlichkeit übernommen haben. Also mäßige deinen Ton, sonst zweifeln sie noch daran, ob es eine gute Idee war, uns zu helfen!" Gnubbel knickte sichtlich ein und sah verlegen zur Seite.
"Endlich mal noch jemand, der diesem Idioten kontra gibt!" schnaufte Gulda, die sich soeben zum Abschiednehmen eingefunden hatte, und gab ihrem Mann noch einen kräftigen Klaps auf den Hinterkopf. Gnubbels Gesicht wurde dunkelrot, und er wäre wohl am liebsten im Boden versunken, standen doch die meisten seiner 'Untertanen' um sie herum und hatten alles mitbekommen.
"Also Kinder, wir wünschen euch viel Erfolg, und seid vorsichtig, es wäre zu schrecklich, wenn euch etwas zustieße!" verabschiedete Gnessa ihre Tochter und die Elfen. Auch die anderen Gumben riefen vielerlei Abschiedsworte durcheinander und winkten, als die drei Elfen abhoben und Gnumba mit ihrem Falken, dem man das meiste Gepäck aufgebürdet hatte, ihnen folgte. Lila, die noch einmal zurückblickte, stellte fest, daß man schon aus dieser geringen Höhe praktisch nichts mehr von den Behausungen der Gumben erkennen konnte, so gut waren sie im hohen Gras verborgen. Sie hatten sich entschieden, einen Umweg in Kauf zu nehmen, um zu vermeiden, von den Elfen am Biberteich entdeckt zu werden. Da sie aber nicht an irgendwelche Wege am Boden gebunden waren, führte dies zu einem kaum nennenswerten Zeitverlust.
"Hier haben wir früher gewohnt!" rief Lila Gnumba zu, als sie den großen See erreicht hatten, und deutete auf ein kleines, rundliches Haus inmitten einer Blumenwiese am Ufer.
"Na ja, eigentlich eher nur Camilla und Killy. Renata wohnte im Dorf dort hinter den Bäumen, aber das hat Urkalan zerstören lassen, und meine Mama und ich waren eher nur zu Besuch hier, aber nachdem auch

unser Dorf am Ullasee zerstört worden war, durften Mama und ich bei Milla wohnen."

"Euer Haus kann man ja richtig gut erkennen!" stellte Gnumba erstaunt fest, "hattet ihr denn gar keine Angst, öh, entdeckt zu werden?"

"Ach, eigentlich nicht", antwortete Camilla, "die Tiere, die uns hätten gefährlich werden können, und davon gab es nicht allzu viele hier, hatten unsere Soldaten vertrieben, und Menschen sind hier, zumindest bis vor einiger Zeit, nie aufgetaucht."

"Hier ist es auch richtig, öh, schön", fand Gnumba, "ich fände es auch toll, so wie ihr an einem See, oder, öh, Teich zu wohnen! So weit wie bis hier bin ich übrigens noch nie, öh, geflogen, das hatten meine Eltern bisher auch immer, öh, streng verboten."

Da es jetzt gerade später Mittag war, beschlossen sie, bei Killys Haus am Seeufer zu rasten und zu essen. Anschließend nahmen sie noch ein ausgiebiges Bad in dem klaren, flaschengrünen Wasser. Besonders Gnumba, die sonst nur in den kalten Gebirgsbächen am Rande der Hochebene gebadet hatte, konnte gar nicht genug bekommen.

"Das Wasser ist ja herrlich warm!" rief sie planschend und tauchte immer wieder unter, "wenn ich bei uns im Bach bade, habe ich immer das Gefühl, daß sich mein Kopf vor Kälte richtig zusammenzieht."

"Na ja, warm? Ich weiß ja nicht", urteilte Lila, "ich finde es eher kalt." Trotzdem hatte auch sie ihren Spaß, bis Camilla mahnte, daß sie doch allmählich weiter müßten. Am späten Nachmittag hatten die Kinder den See und den daran anschließenden Knochensumpf hinter sich gelassen und flogen auf einen sanften Hügel zu.

"Ab jetzt müssen wir verstärkt achtgeben", sagte Lila an Renata und Gnumba gewandt, "hinter dem Hügel liegt das erste Menschendorf, und in dessen Umgebung trifft man öfter welche von ihnen an."

"Am besten, wir machen einen großen Bogen darum herum", schlug Camilla vor, "fliegen dann bis zur Bahnlinie und daran entlang bis zu Corinnas Stadt."

Renata und Gnumba blickten beide interessiert zu dem kleinen Dorf hinüber, welches sich rechter Hand in die Senke schmiegte, als sie ihren Weg fortsetzten.
"In dem Dorf wohnt übrigens Bernhard mit seiner Frau Martha und Tochter Anna", berichtete Lila, "die haben uns im Kampf gegen Urkalan geholfen, ohne die hätten wir es nie geschafft. Wenn Corinna nicht da ist oder nicht kann, können wir sie vielleicht um Hilfe bitten. Es ist nur, daß sie uns schon so viel geholfen haben, daß wir sie eigentlich nicht schon wieder darum bitten wollten."
Als eine Weile später das nächste Dorf und die Bahnlinie in Sicht kamen, näherte sich die Sonne dem Horizont.
"Wir sollten uns hier etwas suchen, wo wir die Nacht verbringen können", entschied Camilla, "sonst kommen wir zu dicht an die Siedlungen und können nicht ruhig schlafen."
"Wie wäre es damit?" schlug Renata vor und deutete auf ein kleines, abgelegenes Getreidefeld, dessen abgeerntete Ähren in Hocken, die wie kleine Zelte aussahen, zusammengestellt waren.
"Ich glaube, das ginge", meinte Camilla nach einem prüfenden Rundblick, "um diese Zeit gehen die Menschen vermutlich nicht mehr auf ihre Felder."
"Aber wir müssen Wache halten", sagte Lila, "schließlich stehen die Bündel auf dem Boden, und da könnten schon mal Ratten, Marder oder so kommen."
Sie suchten sich eine der dichtesten Hocken aus, polsterten den Boden mit herumliegenden Halmen aus und machten es sich gemütlich. Nach einer ruhigen, ungestörten Nacht, in der sie abwechselnd gewacht hatten, setzten sie ihren Weg bei Sonnenaufgang fort. Das Wetter versprach wieder, wie schon am Vortag, schön und warm zu werden. Die niedrigstehende Sonne ließ die Tautropfen auf den Gräsern blitzen und die weißen Nebel in den Senken leuchten. Ein schwacher Wind trug ihnen den Geruch von frisch gemähtem Heu zu, und die Vögel sorgten mit ihrem Gesang für die passende akustische Untermalung.

Ein etwas weiter entferntes Rauschen ließ sie aufschrecken und zu dem parallel zu ihrer Flugrichtung verlaufenden Bahndamm blicken. Dort rumpelte ein ziemlich langer Güterzug vorbei, der Gnumba und Renata, die instinktiv Lilas Hand ergriffen hatte, in erstaunte Rufe ausbrechen ließ.
"Was war das denn?!" fragte das Gumbenmädchen, erschrocken dem entschwindenden künstlichen Lindwurm hinterherblickend.
"Die Menschen nennen es Züge", erklärte Lila, "darin befördern sie sich selbst oder irgendwelche Sachen. Wir sind sogar schon einmal mit einem gefahren!" fügte sie nicht ohne Stolz hinzu. "Allerdings konnten wir praktisch nichts sehen, weil Corinna uns in einer Reisetasche befördert hat, damit uns die anderen Menschen nicht sehen konnten. Du kannst mich übrigens wieder loslassen, dann können wir besser fliegen."
Renata löste verlegen ihre Hand und errötete.
"Tschuldigung, äh, ich ... ."
"Is' doch egal", sagte Camilla schnell, "ich habe mich beim ersten Mal genauso erschrocken."
Sie folgten dem Verlauf der Bahnlinie in einigem Abstand und mit mehreren Pausen, bis sie am Nachmittag eine Kleinstadt vor sich liegen sahen.
"Jetzt wird's etwas kritischer", meinte Lila, "wenn wir den Weg durch die ganzen Straßen finden wollen, müssen wir vom Bahnhof aus anfangen, sonst erkennen wir es nicht wieder. Und dabei dürfen wir uns nicht sehen lassen."
"Genau", bestätigte Camilla, "ihr müßt die Menschen ganz genau im Auge haben und sofort, wenn einer in unsere Richtung guckt, absolut stillhalten!"
Als sie die ersten Gleise erreichten, versteckten sie sich im Fahrgestell eines Eisenbahnwagens, um erst einmal Umschau zu halten.
"Ich glaube, öh, es ist besser, wenn ich meinen Falken hier, öh, zurücklasse, er ist einfach zu, öh, auffällig!"
"Du hast recht Gnumba", stimmte Camilla zu, "von hier ist es nicht mehr so weit, das schaffst du auch zu Fuß."

"Wie lange werden wir denn wohl ungefähr, öh, brauchen?" fragte Gnumba, "damit ich ihm sagen kann, wann er wieder da sein muß. Dann kann er in der Zwischenzeit jagen und fressen."
"Ich glaube, wenn du jetzt zu Fuß dabei bist, brauchen wir für die einfache Strecke so ungefähr eine Stunde, wenn alles glatt geht, dann eine Stunde vielleicht dort und wieder eine zurück. Also zirka drei Stunden; aber wir müssen erst warten, bis es etwas dunkler ist. Laß ihn doch so gegen Mitternacht wieder da sein."
"Öh, das geht nicht, im Dunkeln fliegt er nicht", erwiderte Gnumba.
"Na gut, dann eben Morgen früh."
Gnumba wisperte ihrem Reittier etwas zu und gab ihm dann einen aufmunternden Klaps auf den Schnabel. Der Falke stieß einen leisen Ruf aus, der beinahe wie eine Antwort klang und flog pfeilschnell davon.
"Wollen wir uns nicht lieber unter dem anderen, öh, Wagen verstecken, ich glaube, der hat da so was wie eine kleine, öh, Plattform darunter, das wäre doch etwas, öh, bequemer. Soll ich mal rüberlaufen und nachsehen?"
"Das wäre nicht schlecht", schloß sich Lila Gnumbas Einschätzung an, "hier ist es echt ziemlich ungemütlich, und wenn wir noch über eine Stunde warten müssen, bis es dunkel genug ist ... ."
Gnumba blickte rasch nach rechts und links, huschte dann zu dem anderen, wesentlich größeren Wagen hinüber, und kletterte behende an dem Fahrgestell hoch, um den von ihr vorgeschlagenen Platz zu inspizieren. Ausgerechnet in diesem Augenblick kamen mehrere in orangefarbene Overalls gekleidete Männer zwischen den Gleisen entlanggeschlendert und blieben genau zwischen den beiden Wagen stehen. Einer von ihnen zog eine dünne weiße Stange aus einer Schachtel, steckte sie in den Mund und zündete das andere Ende an, um dann daran zu saugen und Rauchwolken auszustoßen.
"Was soll das denn?" sagte Lila angewidert, "wie kann man denn freiwillig Qualm einatmen, ich wür.." Sie

wurde von einem Pfiff unterbrochen, der von der anderen Seite des Zuges erklang, zu dem der Wagen gehörte, unter welchem Gnumba steckte. Fast augenblicklich danach vernahmen sie ein Rumpeln, und zu ihrem maßlosen Schrecken setzte sich der Zug in Bewegung. Sie konnten noch kurz Gnumbas panisch verzerrtes winziges Gesicht mit den entsetzt geweiteten Augen sehen, dann beschleunigte der Zug und verschwand im Handumdrehen aus ihrem Blickfeld. Die Elfen sahen mit pochenden Herzens an.
"Was sollen wir denn jetzt bloß machen?" flüsterte Renata schluchzend, "selbst wenn wir hier rauskönnten, wären wir bei weitem nicht schnell genug, um so'n Ding einzuholen."
"Außerdem können wir nicht raus", stellte Lila mit einem Blick auf die vor ihnen stehenden Männer fest. Camilla standen die Tränen in den Augen: "Und ich habe Gnumbas Mama versprochen, gut auf sie aufzupassen!"
"Hör mal, dafür kannst du ja nun nichts", meinte Lila, "das war einfach Pech!"
"Doch, und ob, ich hätte sie nicht allein loslaufen lassen dürfen", klagte Camilla, "sie hatte doch überhaupt keine Ahnung von alledem!"
"Wir haben alle gleich viel oder wenig Schuld!" fand Renata, "wir müssen halt herausbekommen, wohin dies Ding gefahren ist und wie wir Gnumba wiederfinden können."
"Vielleicht fährt der Zug ja nur bis zum nächsten Ort und kommt dann wieder zurück", überlegte Lila, "dann brauchen wir nur zu warten, bis Gnumba wieder da ist."
"Darauf können wir uns auf keinen Fall verlassen!" sagte Camilla bestimmt, "wir sollten schnellstens Corinna aufsuchen, die kennt sich mit Zügen aus und wird Rat wissen!"
Nach einigen Minuten ungeduldigen Wartens entfernten sich endlich auch die Menschen und gaben so den verzweifelten Elfen Gelegenheit, ihr Versteck zu verlassen. Eilends flogen sie von Deckung zu Deckung durch die hereinbrechende Dämmerung, bis sie das

Grundstück erreichten, auf dem das Haus stand, in welchem Corinna wohnte.
"Weißt du noch, hinter welchem der Fenster Corinnas Zimmer war?" fragte Camilla, "war es das rechte oben oder das linke?"
"Es war von hier aus das linke", erklärte Lila, "ich erinnere mich genau, weil ein Blumenkasten davor hängt. Wartet ihr mal hier in der Hecke, ich schau nach, ob sie da ist." Lila flog dicht über den Rasen, um niemandem aufzufallen, als plötzlich vor ihr ein mächtiger Schatten aus dem Gras aufsprang, und mit großen krallenbewehrten Pfoten nach ihr angelte. Es gelang ihr nicht mehr, der getigerten Katze, als die sie den Angreifer nun identifizieren konnte, auszuweichen. Die herabsausenden Pfoten bogen ihre Flügel um, so daß sie, zusätzlich noch schmerzhaft von den scharfen Krallen gestreift, zu Boden taumelte. Lila versuchte verzweifelt, wieder auf die Beine zu kommen, doch jedesmal, wenn sie loslief oder zu starten versuchte, holte ein neuerlicher Prankenschlag der Katze sie wieder von den Beinen. Nun sah sie auch noch eine zweite, schwarze Katze hinzuschleichen. Lila schrie aus Leibeskräften, doch das beeindruckte die Tiere natürlich überhaupt nicht. Die Katze, die sie zuerst angefallen hatte, setzte ihr nun besitzergreifend eine Pfote auf den Rücken und drückte sie ins Gras, während sie ihre Konkurrentin wütend anknurrte. Als die andere vorrückte, um ihr die Beute streitig zu machen, sprang sie sie an und hieb ihr mit der Pfote ins Gesicht. Die schwarze zog sich kreischend ein Stück zurück, während sich die getigerte mit einem neuerlichen Satz wieder auf Lila stürzte, noch bevor diese Gelegenheit hatte, sich davonzumachen. Nun setzte die Katze zum Erschrecken Renatas und Camillas zum tödlichen Biß an. Lila spürte schon den heißen Atem des Tieres im Nacken, als sich plötzlich eines der unteren Fenster öffnete und eine verärgerte Männerstimme ertönte: "Laß Micky in Ruhe du Sauviech!" Gleichzeitig ergoß sich ein ziemlich ungezielter, eiskalter Wasserschwall über beide Katzen und Lila. Während die Katzen

verschreckt davonsprangen und das Fenster mit Wucht wieder zugeschlagen wurde, konnte Lila die Gelegenheit nutzen und sich nach oben in Sicherheit bringen. Schweratmend und zitternd saß sie nun auf dem Blumenkasten vor Corinnas Zimmer und betastete sich, konnte aber zu ihrer Erleichterung keine wesentlichen Verletzungen feststellen. Sie beugte sich vor und sah durch das vorhanglose, halbgeöffnete Fenster, durch das das Licht der nahen Straßenlaterne ins Innere fiel. Dort lag ein Mädchen, nur halb zugedeckt, im Bett und schlief; doch zu ihrer maßlosen Enttäuschung war es nicht Corinna. Hastig flog sie zu den beiden anderen zurück, die noch immer völlig verstört im Gebüsch hockten und Lila anstarrten wie das achte Weltwunder.
"He, alles halb so schlimm!" beruhigte Lila, "ich hab' kaum was abbekommen. Viel schlimmer ist, daß Corinna nicht da ist. In ihrem Bett schläft ihre Schwester Beate, und das macht die nur, wenn Conny nicht da ist. Und Beate kennen wir kaum, die trau ich mich nicht anzusprechen. Conny hat mal gesagt, die wär' ziemlich zickig."
"Und nun, was machen wir nun?" fragte Camilla, "wir brauchen doch die Hilfe der Menschen, sonst finden wir Gnumba womöglich nie wieder, oder sie wird von anderen, bösen Menschen aufgegriffen."
"Ich kann ja mal hochfliegen und Connys Schwester ansprechen", erbot sich Renata, "was kann ich dabei schon groß verlieren?"
"Das würdest du echt tun?" rief Lila, "das find ich wirklich klasse von dir!"
Renata freute sich sehr über dieses Lob, hatte sie doch bisher kaum etwas zum Gelingen ihrer Unternehmung beitragen können.
"Bis gleich", flüsterte sie, schwirrte zu dem besagten auf Kipp stehenden Fenster empor und schlüpfte ohne zu zögern durch den Spalt. Nun stand sie auf einem Nachtschränkchen vor der Schlafenden und sammelte sich noch einen Augenblick, um sich zu überwinden, das Mädchen anzusprechen.

3

Gnumbas Herzschlag setzte einen Moment lang aus, als sie ein lautes Rumpeln vernahm und einen heftigen Ruck spürte. Voller Furcht bemerkte sie, wie der Wagen, unter dem sie sich befand, Fahrt aufnahm. Sollte sie schnell abspringen? Nein, das ging nicht, die Männer neben dem Gleis würden sie sicherlich bemerken! Rettungsuchend sah sie zu den drei Elfenmädchen hinüber, doch die blickten sie nur in hilflosem Entsetzen an, und schon nach kurzer Zeit hatte sie sie aus den Augen verloren. Der Wagen holperte und schüttelte sich, als der Zug über eine Folge von Weichen am Ausgang des Bahnhofsgeländes fuhr, so daß Gnumba sich mit aller Kraft festklammern mußte, um nicht abgeworfen zu werden, was bei der mittlerweile erreichten Geschwindigkeit zu schwersten Verletzungen führen könnte und zudem die Gefahr barg, unter eines der gewaltigen stählernen Räder zu geraten. Immer schneller wurde die Fahrt, der Wind zerrte an dem kleinen Wesen und wehte die Tränen aus ihrem Gesicht. Ihr Körper wurde wild hin- und hergeworfen, und sie schlug mehrfach hart mit dem Kopf an, denn der Wagen war zwar gefedert, doch Gnumba befand sich noch innerhalb des Fahrgestells, so daß sich die Federn über ihr befanden. Die ständigen Vibrationen raubten ihr schon jetzt allmählich das Gefühl aus den Armen; wie lange konnte sie diesen Belastungen standhalten ohne herunterzufallen? Unter ihr sausten die Schwellen in derart rasender Folge vorbei, daß es ihr vor Augen flimmerte und sie schwindeln ließ. Unglücklich schrie sie ihre Angst gegen das Rattern der Räder und das Toben des Fahrtwindes hinaus. Hören konnte sie hier natürlich niemand; ihr Stimmchen war viel zu schwach gegen den Lärm um sie herum. Sie hätte später nicht einmal annähernd angeben können, wie lange sie dort hatte hängen müssen, nun aber wurde sie abrupt aus ihren um den Tod kreisenden Gedanken gerissen: Ein grelles, ohrenbetäubendes Quietschen ertönte direkt neben ihrem Kopf, so daß sie

fast vor Schreck den Halt verloren hätte. Dann registrierte sie, wie der Zug seine Geschwindigkeit immer mehr verringerte und schließlich mit einem Ruck stehenblieb. Eine quäkig verzerrte Menschenstimme schallte mit unnatürlicher Lautstärke unverständliche Worte in die Umgebung, von wo sie mit merkwürdigem Hall zurückgeworfen wurden. 'Jetzt oder nie,' dachte Gnumba und wollte sich fallenlassen, um von dem Zug wegzukommen, doch dies war einfacher gedacht als getan; ihre Finger wie auch die übrigen Gliedmaßen waren derart verkrampft, daß es ihr nicht einmal gelingen wollte, den Griff um die Stange, an der sie sich gehalten hatte, zu lösen!
"Oh Mama, ich will hier weg!" wimmerte sie und bemühte sich, ihre Muskeln wieder unter Kontrolle zu bekommen. In genau dem Moment, in dem es ihr gelang, die eine Hand loszubekommen, hörte sie wieder den Pfiff, nach welchem der Zug im letzten Bahnhof losgefahren war. Und richtig, auch diesmal gehorchte das eiserne Monstrum und setzte sich erneut in Bewegung. Gnumba geriet immer mehr in Panik, da, jetzt hatte sie es geschafft, halb erleichtert halb besinnungslos vor Furcht, ließ sie sich zwischen den stählernen Achsträgern hindurch nach unten auf die Schwellen fallen. Das Tempo des Zuges war schon wieder so hoch, daß sie sich mehrfach überschlug, und dann bewegungslos mit starrem Blick die letzten Wagen über sich hinwegrauschen sah. Sie blieb auch dann noch reglos liegen, als der Zug schon lange weg war. Über sich wölbte sie eine gewaltige Halle, deren Dach von einer komplizierten Struktur aus eisernen Trägern gestützt wurde. Weit oben sah sie dort etliche Tauben herumflattern. Alle Geräusche, zu denen auch viele menschliche Stimmen gehörten, wurden von der Akustik des Bauwerkes verzerrt und hallten eigenartig. Als sie sich aufrichten wollte, sah sie eine Gruppe Menschen näherkommen, die sich auf einer steinernen Plattform befanden, welche sich neben den Gleisen entlangzog. Deshalb blieb sie lieber still liegen.

"Sieh mal", hörte sie einen Mann sagen, "dort liegt eine Puppe auf den Gleisen."
"Oh, die ist aber süß!" rief ein blondes Mädchen von vielleicht zehn Jahren, "holst du sie mir Papa?"
"Igitt", mischte sich eine erwachsene Frau ein, "wer weiß, wie lange die da schon liegt, die ist bestimmt ganz schmutzig!"
"Och bitte, ich kann sie ja auch in die Waschmaschine tun oder mit der Hand waschen!"
"Laß sie doch", sagte der Mann zu der Frau, "außerdem finde ich, die sieht gar nicht so dreckig aus, vielleicht hat sie jemand gerade aus dem Zug eben verloren."
"Na schön", stimmte die Frau widerwillig zu, "aber macht mir keine Vorwürfe, wenn Linchen sich mit irgend etwas infiziert und krank wird!"
Erst jetzt, als der Mann Anstalten machte, herabzusteigen, begriff Gnumba, daß hier von ihr die Rede war. 'Oh Gott nein!' dachte sie, 'soll ich weglaufen?' Aber einerseits wäre sie mit Sicherheit normalerweise schon nicht schnell genug, und andererseits war sie von den ganzen Verkrampfungen noch so unbeweglich, daß eine Flucht in einem Fiasko enden mußte. Es war auch schon zu spät: Der riesige Fuß des Mannes setzte neben ihr auf und erschütterte ihren Körper durch und durch, dann langte seine große Hand nach ihr, nahm einen ihrer Arme zwischen Daumen und Zeigefinger und hob sie auf. Gnumba mußte sich sehr beherrschen, um nicht zu schreien, so sehr zerrte es an ihrer Schulter.
"Guck sie dir doch mal an, Helga, sie ist phantastisch gearbeitet, nirgendwo sieht man Nähte oder sonst was, und jede kleinste Einzelheit scheint bedacht!"
Das Gesicht der Frau erschien mißtrauisch in ihrem Blickfeld, jedoch wandelte sich der Ausdruck schnell zu Bewunderung: "Du hast recht, Rolf, die war bestimmt sündhaft teuer, vielleicht sollten wir sie lieber aufbewahren, damit sie nicht kaputt geht."
"Ey, das find ich aber fies", rief das Mädchen wütend, "Papa hat sie mir versprochen, und schließlich hab' ich

sie auch zuerst gesehen, und ich bin auch ganz vorsichtig damit!"
"Schon gut, du sollst sie bekommen, aber zuerst gesehen hat sie Papa!" Eifrig grabschte das Kind nach Gnumba, umschloß ihren Bauch mit arg festem Griff und nahm sie ihrem Vater aus der Hand, um sie nun mit beiden Händen an die Brust zu drücken. Gnumba traten fast die Augen aus den Höhlen, so wurde sie gepreßt. Sie schnappte verzweifelt nach Luft. Zum Glück ließ das Mädchen schnell wieder locker und hatte offensichtlich auch ihr Atemholen nicht bemerkt. "Gehst du denn bald mal mit mir in die Stadt?" bettelte es, an seine Mutter gewandt, "ich möchte mir von meinem Taschengeld andere Kleider für die Puppe kaufen, diese hier find' ich häßlich." Gnumba war empört, sie bildete sich ein, eine der besseren Schneiderinnen in ihrem Stamm zu sein und war sehr stolz auf ihre selbstgenähten Kleider, und nun das! Am liebsten hätte sie protestiert, aber in ihrer derzeitigen Lage war das wohl kaum empfehlenswert. Die drei Menschen gingen jetzt auf eine Treppe zu, die sich zu Gnumbas maßlosem Erstaunen von selbst nach unten bewegte. Es folgte ein langer, hell erleuchteter Tunnel, dann standen sie im Freien. Rundherum befanden sich viele zumeist hohe und häßliche Gebäude, zwischen denen eine Unmenge vierrädriger, lauter, stinkender Fahrzeuge umhersauste. Gnumba, die an die saubere Luft in freier Natur gewöhnt war, spürte binnen kurzem einen drängenden Hustenreiz, der im Laufe der Zeit immer schwerer zu unterdrücken war. Sie hätte sich gern umgeschaut, wagte aber nicht, sich zu bewegen, denn, wie sollte sie wissen, wie diese Menschen reagieren würden, wenn sie merkten, daß sie lebendig war? Andererseits war auch nicht auszuschließen, daß das Mädchen sie eventuell derart rüde behandeln könnte, daß sie schwere Verletzungen davontrüge, weil es sie ja für eine unbelebte, schmerzunempfindliche Puppe hielt. Sie bekam mit, daß der Mann ein Fahrzeug mit einem gelbschwarzen Schild auf dem Dach herbeiwinkte, die Tür öffnete und mit dem Menschen

am Steuer einige Worte wechselte. Daraufhin stieg dieser aus und öffnete hinten am Wagen eine Klappe. Der Vater des Mädchens gab dem Fahrer seinen Koffer, den er getragen hatte, damit dieser ihn in den Wagen legte.
"So, und du tust die Puppe jetzt in die Reisetasche!" befahl die Mutter, "ich will nicht, daß du die ganze Zeit damit herumhantierst, bevor sie nicht gewaschen ist!"
"Ich will sie aber bei mir behalten!" widersprach das Mädchen und drückte Gnumba erneut heftig an sich.
"Nichts da, Pauline, wenn ich sage, sie kommt in die Reisetasche, dann kommt sie auch dort hinein!" schimpfte die Frau und riß Gnumba aus den Armen des Mädchens und warf sie auf eine der Taschen. Der so malträtierten Gumbin schossen die Tränen in die Augen; das konnte nicht so weitergehen. Während die Eltern sich unter heftigster Einmischung des Kindes stritten, ergriff Gnumba die Gelegenheit, sah sich kurz um - niemand schien gerade zu ihr hinzusehen - rollte sich aus der Tasche und huschte zu einem Straßenbaum, an dessen Wurzeln sie sich in dem dort wachsenden Unkraut verbarg. Allerdings schien ihr diese Wahl schnell eher unglücklich gewesen zu sein, denn die Pflanzen rochen stark nach Urin von irgendwelchen Raubtieren: Wölfe oder so, vermutete sie. Die Frau und das Kind stiegen nun hinten in das Fahrzeug, der Mann nahm vorne Platz, während der Fahrer die restlichen Gepäckstücke im Kofferraum verstaute. Offensichtlich hatte man Gnumbas Verschwinden überhaupt nicht mitbekommen. Als der Wagen abgefahren und im Verkehrsgewühl verschwunden war, inspizierte Gnumba erst einmal die Umgebung, um zu sehen, wie sie wieder von hier fortkommen könnte. Sehr vielversprechend sah es nicht gerade aus: Überall liefen Menschen geschäftig umher, rasten Fahrzeuge an ihr vorbei und blockierten Häuser die Sicht. Es herrschte ein ohrenbetäubender Lärm, der es ihr schwermachte, sich zu konzentrieren. Da sie durch die dichte Bebauung nicht weit sehen konnte, wäre der einzige Orientierungspunkt, den sie hatte, die Sonne

gewesen. Doch die war ihr auch keine Hilfe mehr, aus diesem künstlichen Dschungel herauszufinden, denn sie stand bereits so tief, daß sie hinter den Häusern nicht mehr zu sehen war. Zu allem Überfluß näherte sich nun auch noch ein Mann, der ein riesiges, furchtbar häßliches Tier an einem dicken Lederband führte. Das Tier war ein Vierbeiner mir kurzem hellbraunem Fell, einem dicken Kopf mit geknickten Ohren und einer eingedrückten schwärzlichen Schnauze, von welcher zähe Speichelfäden herabhingen. Das Tier, das ein weit entfernter Verwandter der Wölfe sein mochte, hatte sein mit scharfen Zähnen bestücktes Maul geöffnet, ließ die Zunge heraushängen und hechelte laut. Als der Mann nun in die Nähe des Baumes kam, begann das Tier, heftig an der Leine zu zerren, zu schnüffeln und in Gnumbas Richtung zu streben. Doch als Gnumba gerade voller Angst Hals über Kopf loslaufen wollte, rief der Mann herrisch: "Pfui Hasso!" und zog das Tier vom Baum weg. Oh Gott, was war das für eine anstrengende Welt! Wie konnten die Menschen nur freiwillig in einer derartigen Umgebung leben?! Sie entschied, daß der einzig für sie mögliche Weg war, wieder zu den Gleisen zu gelangen und ihnen in umgekehrter Richtung zu folgen; wie sie das allerdings ungesehen bewerkstelligen wollte, war ihr überhaupt noch nicht klar. Sie würde in irgendeinem nahen Versteck die Dunkelheit abwarten müssen, denn bei der jetzigen Helligkeit war es nicht möglich, unentdeckt durch den Tunnel und über die laufende Treppe zu den Gleisen zu gelangen. Es stand zu erwarten, daß es schon schwierig war, den Gehweg zu überqueren, um ein Versteck aufzusuchen. Vorsichtig lugte sie an dem Baum vorbei und hielt Ausschau nach einem Ort, wo sie die Zeit bis zur Nacht ungestört verbringen konnte. Ihre Wahl fiel auf ein nahes Haus, das von einem dichten Gewirr aus Efeu bewachsen war, darin wäre sie vor neugierigen Blicken geschützt. Jetzt kam es nur noch darauf an, heil dorthin zu gelangen. Vielleicht, wenn sie auf allen Vieren dort hinüberliefe, dann hielten die Menschen sie womöglich nur für eine Ratte oder so und denen, so hatte sie gerade beobachtet, schenkten sie so gut wie keine Aufmerksamkeit, eher machten sie noch einen Bogen drumherum. Als sie eine größere Lücke im Fußgängerstrom erspähte, setzte sie ihren Plan in die Tat um. Auf Händen und Füßen rannte sie über den Gehsteig, schlüpfte unter dem Zaun durch, huschte eilends zur Hauswand und verbarg sich schweratmend hinter den dichten Efeublättern. Gespannt beobachtete sie die Leute, die ihr am nächsten gewesen waren, doch niemand hatte Notiz von ihr genommen. Erleichtert kletterte sie ein Stück nach oben und machte es sich in einer besonders dichten Stelle bequem. Hier wartete sie rund zwei Stunden auf die Dunkelheit, aber diese wollte sich partout nicht einstellen. Verwundert schob Gnumba die Blätter auseinander und erschrak: Das Licht war nicht natürlichen Ursprungs, sondern stammte von einer Vielzahl unterschiedlichster Lampen, die alles um sie herum beinahe taghell ausleuchteten. Das war ja eine schöne Bescherung! Wie sollte sie denn hier fortkommen, falls die Lampen die ganze Nacht hindurch brannten? Auch die Menschen auf den Straßen schienen nicht daran zu denken, zu dieser vorgerückten Stunde ins Bett zu gehen. Es kam ihr eher vor, als seien jetzt sogar noch mehr von ihnen unterwegs. Das Mädchen schlug die Hände vor das Gesicht, es war zum Heulen! Diese Verzögerungen, die sie durch ihre Dummheit verschuldet hatte, konnten vielen Gumben - vielleicht sogar ihren Eltern! - das Leben kosten. Wahrscheinlich suchten die Elfen jetzt nach ihr, anstatt Hilfe für die anderen zu holen. Wenn sie doch nur nicht ihren Falken fortgeschickt hätte, er wäre ihr sonst mit Sicherheit gefolgt, so daß sie ihn hiergehabt hätte; dann wäre sie im Nu wieder zurück bei ihren Begleiterinnen gewesen. Doch, hätte, wenn und aber, es war müßig, darüber nachzudenken, sie war auf sich allein gestellt und mußte sehen, wie sie zurechtkam. Sie beschloß, noch ungefähr eine Stunde zu warten und dann, egal wieviele Menschen noch unterwegs sein mochten, den Versuch zu wagen, ihren gefährlichen Rückweg anzutreten.

Die sechzehnjährige Beate lief, was ihre Beine hergaben, ihre dunkelblonden Haare flatterten im Wind; sie wurde von mehreren wütenden Männern verfolgt, wußte aber nicht, weshalb sie so böse auf sie waren. Dann plötzlich war es eine Hexe, die hinter ihr herlief und sie rief. "Hallo!" hörte sie, aber sie wollte nicht stehenbleiben, diese Hexe hatte mit Sicherheit nichts Gutes mit ihr vor! Wieder hörte sie die dünne Stimme, jetzt schon neben sich, dicht am Ohr: "Hallo!" Sie rannte noch schneller. Jetzt zog die Hexe sie gar an den Haaren! Mit einem lauten Schrei wachte Beate auf und fuhr hoch. Ihr Herz klopfte wie wild, und sie war schweißgebadet. 'Ein Glück', dachte sie, 'es war nur ein Traum!' Sie atmete tief durch.
"Hallo!"
"Aaaah!" Beate fuhr zusammen und hielt abwehrend die Hände vor sich.
"Du mußt keine Angst haben, ich bin doch nur eine Elfe", erklang eine leise, melodische Stimme von ihrem Nachtschrank. Beate ließ die Arme sinken und starrte verdutzt auf die zierliche, mit libellenähnlichen Flügeln ausgestattete Gestalt vor sich.
"Ich dachte, ich sei aufgewacht", murmelte sie, "aber immer noch besser so ein Traum, als der vorher!"
"Du träumst nicht!" versicherte die Elfe nun, "hat Corinna dir denn gar nichts von uns erzählt?"
Beate schüttelte nur stumm den Kopf und kniff sich in den Arm. "Autsch! Aber das ist doch ..., das gibt's doch gar nicht! Ich glaub' ich werd' meschugge!"
"Bitte, du mußt mir glauben!" bat die kleine Person, "wir brauchen Hilfe! Eigentlich wollten wir deine Schwester fragen, weil sie schon öfter bei uns war, aber die scheint ja nicht da zu sein."
"Das ist richtig", antwortete Beate abwesend, "Conny ist zu einem vierwöchigen Praktikum weggefahren." Dann rieb sie sich kräftig die Augen, aber das alles war scheinbar tatsächlich kein Trugbild.

"Darf ich dich mal anfassen?" fragte sie, die Elfe immer noch aus großen Augen anstarrend.

"Von mir aus", erlaubte Renata und ließ zu, daß Beate ihr vorsichtig über den Arm strich und ganz leicht ihre Flügel berührte.

"Aber, wenn Corinna schon mal bei euch war, oder wie du sagst, sogar schon öfter, hätte sie mir doch davon erzählt, wir haben doch keinerlei Geheimnisse voreinander!"

"Na ja, vielleicht, weil wir sie gebeten haben, nichts zu erzählen, weil so wenig Menschen wie möglich davon wissen sollen, damit wir in Frieden leben können. Außer Corinna wissen nur noch drei andere Menschen von uns: Der Forscher Bernhard, seine Frau Martha und seine Tochter Anna, ach ja, und die Hexe Meliolantha."

"Oh, von denen hat sie schon erzählt. Und auch von einem Hexer Urkalan und von der anderen Hexe, deren Namen du eben genannt hast. Und bei der Geschichte wart ihr Elfen auch mit dabei? Das mußt du mir erzählen! Wie heißt du eigentlich?"

"Ich? Renata! Ich bin übrigens mit zwei Freundinnen hier, können die auch reinkommen? Sonst werden sie draußen noch entdeckt, eine von ihnen, Lila, ist eben schon von einer Katze angefallen worden."

"Na klar können sie reinkommen!"

Renata flog zum Fenster, was Beate ein weiteres Kopfschütteln entlockte, und winkte Lila und Camilla hochzufliegen. Ein paar Sekunden später standen sie zu dritt vor Corinnas Schwester.

"Das ist vielleicht ein komisches Gefühl", gestand Beate, nachdem sie sich bekannt gemacht hatten, "plötzlich Wesen vor sich zu haben, von denen man annahm, daß es sie nur in Büchern gibt! Seid ihr eigentlich nur so zu Besuch hier, oder gibt es einen anderen Grund für eure, wie ich mal vermute, ziemlich riskante Reise?"

"Hm ja", druckste Renata, "eigentlich suchten wir Hilfe für Freunde von uns, die in große Gefahr geraten sind, aber jetzt, wo Corinna nicht da ist ... ."

"Vielleicht kann ich euch ja helfen", bot Beate bereitwillig an, "dann kriege ich ja vielleicht auch mal so aufregende Sachen mit wie Conny, auch wenn ich auf einiges Unangenehme und Schmerzhafte, was sie erlebt hat, durchaus verzichten könnte", setzte sie noch etwas nachdenklicher hinzu. "Also erzählt mal, wo der Schuh drückt, ähem, ich meine, wobei ich euch helfen kann", fügte sie hinzu, als sie die verständnislosen Blicke der unbekleideten, barfüßigen Elfenmädchen bemerkte. Daraufhin erzählten sie Beate von dem Besuch Gnumbas, der Bedrohung ihres Stammes durch die Reißzahnteufel, und schließlich von dem Weg hierher und dem Unglück, welches ihrer Gumbenfreundin widerfahren war.
"Au weia!" rief Beate aus, "allein schon eure Freundin wiederzufinden, kann ganz schön knifflig werden, und dann noch diese ekelhaften Teufelsdinger! Zunächst müßten wir mit dem Zug in die nächste Stadt fahren und hoffen, daß Gnumba in der Nähe des Bahnhofs geblieben ist. Sie dann dort zu finden, wird schon schwieriger, denn mir als einem für sie unbekannten Menschen wird sie sich wohl kaum zeigen, sondern nur euch, und ihr könnt da ja auch nicht einfach so herumfliegen, da ihr ja nicht gesehen werden sollt. Ich denke, wir fahren einfach hin und sehen dann weiter."
"Oh, das ist aber lieb von dir, daß du uns so einfach hilfst", freute sich Lila, "wo deine Schwester doch gesagt hat, du wärst so ... aua, was soll das?!" unterbrach sie sich, als Camilla ihr heftig in die Rippen stieß.
"Sprich es ruhig aus", sagte Beate gelassen, "ich weiß selbst, daß Conny mich für eine doofe Ziege hält, aber das ist mir egal, schließlich ist es umgekehrt nicht viel anders."
"Wir finden dich jedenfalls nicht doof oder zickig!" versicherte Camilla, "du hast uns ja sogar, ohne uns richtig zu kennen, deine Hilfe angeboten, und das macht bestimmt nicht jeder einfach so!"
Beate lächelte zufrieden und sagte: "Wartet hier, ich lauf mal gerade hinunter und gucke in den Fahrplan, ob

jetzt noch ein Zug fährt, dann lege ich meinen Eltern einen Zettel hin, daß ich noch in die Dizze bin und bei 'ner Freundin penne. Das wird schon keinen Ärger für mich geben, schließlich hab' ich Ferien."
"Du, Beate, was ist eine Dizze?" wollte Lila wissen.
"Ne Dizze, na, 'ne Diskothek halt. Da wird laute Musik gespielt und getanzt und so." Nach diesen Worten verließ Beate das Zimmer, um schon nach wenigen Minuten mit einer festen Tasche zurückzukommen.
"Wir haben Glück, es fährt noch ein Zug, in genau zwanzig Minuten", verkündete sie, "den müßten wir eigentlich noch kriegen. Ihr könnt es euch in der Tasche bequem machen, ich habe sie auch gut ausgepolstert."
Als die drei Elfen ihren Platz eingenommen hatten, verschloß Beate das Haus und eilte zum Bahnhof. Die Zeit reichte gerade noch, einen Fahrschein zu lösen, dann rollte der Zug auch schon ein.
"Normalerweise würd' ich ja schwarz fahren", hörten sie Beate murmeln, "aber wenn sie mich dann kontrollieren und die Elfen in meiner Tasche finden ... ."
Wenige Augenblicke später spürten die im Dunkel sitzenden, wie der Zug anfuhr.
"Wie lange wird die Fahrt dauern?" fragte Lila.
"So ungefähr 'ne halbe Stunde", antwortete Beate, "aber jetzt still, ich glaub, da kommt jemand in dies Abteil. Ich sag euch Bescheid, wenn ihr wieder reden könnt!" Das Geräusch einer Tür, die auf- und wieder zugeschoben wurde war zu hören, dann eine etwas undeutliche Männerstimme: "Na Zuckerpuppe, wie ha'm was denn heute?"
Als Beate nicht antwortete, hörten sie gedämpft durch die Tasche eine weitere, ebenfalls männliche Stimme: "Bist wohl zu fein für uns, hast's nicht nötig mit unsereins zu reden, hä?"
Auch diesmal blieb sie eine Antwort schuldig.
"Ey, du siehst doch wohl, daß wa nich die reichsten sind: Also rück ma 'n bißchen Kohle rüber, aber dalli!"
"Ich habe kein Geld", gab Beate zurück und versuchte dabei ihre Stimme fest klingen zu lassen, "außerdem

muß ich mal auf die Toilette." Sie erhob sich mit der Tasche in der Hand, wurde aber, wie die Elfen spürten, sofort wieder auf den Sitz zurückgestoßen.

"Du hast uns ja gar nicht um Erlaubnis gefragt, ob du auf die 'Toilette' - allein schon dieses Wort! - darfst! Erst mußt du schön bitte bitte sagen!"

"Bitte, ich möchte jetzt auf's Klo!" sagte Beate, nun mit hörbar unsicherer Stimme.

"Na weißt du, so einfach geht das nicht, woher sollen wir denn wissen, ob du wiederkommst, schließlich sind wir ja noch nicht fertig mit dir."

"Ey Knolle, wir könn'n se doch auf'n Pott begleiten, könnte doch ganz witzig sein, wa?"

"Nee Alter, is mir zu eng, außerdem könnte sie auf'm Weg dahin auf dumme Gedanken kommen. Ich glaub' wir mach'n erstmal ne Leibesvisitation."

"Boh, wo kennst'e denn solche Wörter her, ey?!"

"Steh ma auf, Schnecke, und die Pfoten anne Wand, kapiert?"

Wieder fühlten sich die Elfen hochgehoben, als Beate ängstlich gehorchte.

"Und leg dein Täschchen weg, Schlampe, das brauchst'e nich mehr!" Mit diesen Worten wurde ihr die Tasche entrissen und die Mädchen darin über- und untereinander geworfen.

"Bitte, laßt mich doch, ich hab euch doch gar nichts getan", flehte Beate unter Tränen, als die Männer sie von oben bis unten, und an einigen Körperstellen besonders ausgiebig, abtasteten.

"Ja, was haben wir denn da?" rief der eine, der gerade mit den Händen über ihre Brüste gefahren war. Mit einem kräftigen Ruck riß er ihr die Bluse auf. "Ich hab kein Geld!" imitierte er Beate, "und was ist das hier?! Denkst wohl, so'n Brustbeutel würden wir nicht finden, hä? Woll'n ma sehn, ob sich's denn wenigstens lohnt!"

Eingeschüchtert hielt Beate ihre Bluse über dem Busen zusammen, während ihre zwei Peiniger das Geld aus der Börse nahmen.

"Nur zweiunddreißig Mark, willst'e uns verarschen?!"

"Vielleicht hat sie in der Tasche ja noch mehr", mischte sich sein Kumpan ein, "gib ma her!"

"Nein nicht, bitte nicht!" jammerte Beate hilflos.

"Wenn die die Tasche aufmachen", flüsterte Lila mit einem Geistesblitz, "alle schnell mit den Flügeln summen!"

Sie fühlten, wie sich einer der Männer neben der Tasche auf den Sitz warf und dann am Reißverschluß hantierte. In dem Moment, wo er ihn aufzog, setzten die drei Elfen ihre Flügel in schnellste Bewegung.

"Aaaahh, schnell weg hier!!!" schrie der Mann, "die hat'n ganzen Schwarm Riesenhornissen in der Tasche!"

Als sie die Männer in Panik aus dem Abteil poltern hörten, kamen die drei hoch und lugten vorsichtig über den Taschenrand. Beate stand mit blassem Gesicht da, hatte aber schon wieder ein Lächeln auf den Lippen.

"Tolle Idee!" lachte sie, "sogar mein Geld haben die in ihrer Hast hiergelassen! Aber ich sage dem Zugbegleiter trotzdem lieber Bescheid, sonst verfolgen sie mich womöglich noch, wenn ich aussteige. Zieht mal eure Köpfe ein, ich muß die Tasche wieder zumachen."

Sie schaute auf den Gang hinaus, aber von den beiden unangenehmen Typen war nichts mehr zu sehen. Beate mußte zwei Wagen weiter gehen, bis sie auf den Schaffner traf und ihm die Geschehnisse berichten konnte.

"Das ist ja übel!" reagierte dieser empört, "aber solche miesen Ganoven haben wir in der letzten Zeit immer häufiger in unseren Zügen. Ich werde sofort über Funk die Bahnpolizei verständigen, die können sie dann im nächsten Bahnhof einkassieren. Sie bleiben am besten so lange bei mir, zu ihrer eigenen Sicherheit und weil sie die beiden ja identifizieren müssen."

Kurz darauf rollte der Zug in den Bahnhof, wo schon ein größeres Aufgebot der Polizei wartete.

"Die waren es", sagte Beate und zeigte auf die zwei schmuddeligen jungen Männer, als diese auf den Bahnsteig traten. Der Schaffner gab die Information sofort an die Polizisten weiter, welche die verdutzten

Täter festnahmen. "Vielen Dank und Tschüß!" rief Beate dem Schaffner zu, der ihr freundlich nachwinkte, als sie den Zug verließ. Anschließend mußte sie noch einem Polizisten ihre Version des Geschehens zu Protokoll geben, dann konnte sie sich wieder ihren Zielen widmen.

"Es kann losgehen", informierte sie die Elfen, "hat eine von euch eine Idee, wie wir Gnumba auf uns aufmerksam machen können, ohne Aufsehen zu erregen?"

"Tja, eigentlich müßte sie ja uns sehen, weil sie dich nicht kennt", grübelte Camilla, "aber wie das funktionieren soll, ohne daß uns auch die Menschen sehen, weiß ich leider nicht."

"Beate, könntest du nicht Gnumbas Namen rufen und dann einen unserer Namen, daß wir sie suchen?"

"Hm, das könnte vielleicht sogar klappen, wenn eure Freundin nicht zu weit weg ist. Ich werd's versuchen!"

5

Gnumba entschied, daß sie nicht mehr länger warten wollte, kletterte den Efeu hinab und lief zum Gartenzaun. Oh je, da waren aber noch viele Menschen unterwegs! Hoffentlich gelänge es ihr, unbemerkt durch den Tunnel zu kommen, dort gab es schließlich keinerlei Deckung. Sie arbeitete sich langsam von Versteck zu Versteck vor, bis sie den Bahnhofseingang, von dem aus der Tunnel zu der Treppe mit den fahrenden Stufen und zu den Gleisen führte, vor sich liegen hatte. Das sah aber gar nicht gut aus: Ein mächtiger Pulk Menschen drängte sich durch das Portal nach draußen. Im Augenblick war nicht daran zu denken, dort hindurchzugehen, selbst wenn sie unentdeckt bliebe, könnte sie doch jemand in dem Gedränge unabsichtlich tottreten; so vielen Füßen konnte sie bei aller Geschicklichkeit nicht ausweichen! Doch wider Erwarten ebbte der Strom rasch ab, und nur noch einzelne Personen durchschritten die Bahnhofstüren. Vielleicht war eben nur ein Zug gekommen, der diese gewaltigen Menschenmassen ausgespien hatte. Eine alte Frau ging langsamen, müden Schrittes an ihr vorüber. Anders als die anderen Menschen trug sie ihre Tasche nicht in der Hand, sondern zog ein taschenähnliches Gebilde auf zwei Rädern hinter sich her. Das war es! Blitzschnell schoß Gnumba vor und klammerte sich vorn auf der Unterseite fest. Solange sie sich nicht bewegte, würde schon niemand auf sie aufmerksam werden. Sie konnte nur hoffen, daß die Frau auch tatsächlich auf dem Weg zu den Gleisen war. Wenn nicht? Wenn sie nun in irgendwelche geschlossenen Räume ginge? Ihre Sorge erwies sich bald als unbegründet, die Frau strebte schnurstracks auf die Rolltreppe zu und fuhr nach oben auf den Bahnsteig. Jetzt mußte Gnumba nur noch ungesehen von ihr fort, auf den Gleiskörper und aus dem Bahnhof gelangen. Sie sah sich um: Der Bahnsteig war relativ leer, allerdings standen auf der anderen Seite einige grünge-

kleidete Männer, die ihr Unbehagen bereiteten. Alle hatten merkwürdige Dinger an den Gürteln, von denen Gnumba annahm, daß es Waffen waren, und die meisten von ihnen hatten grimmige Gesichter. Von denen wollte sie sich am allerwenigsten erwischen lassen! Lautes Rauschen und Quietschen verriet ihr, daß eben ein weiterer Zug einfuhr; er hielt an ihrem Bahnsteig, und die alte Frau strebte auf ihn zu.
"Moment noch!" wurde sie von einem der Uniformierten zurückgehalten, "wir müssen erst zwei Verbrecher festnehmen!"
Behutsam um die Beine der Frau herumblickend sah Gnumba, wie die Bewaffneten nun auf zwei Männer zuliefen, die gerade aus dem Zug stiegen sie packten, die Arme auf den Rücken drehten und mit metallenen Gegenständen fesselten. Einer der Grünen sprach dann noch mit einem Mädchen, das ebenfalls mit dem Zug gekommen war, dann verließen sie mit ihren Gefangenen den Bahnhof.
"Sie können jetzt einsteigen!" rief einer noch der alten Frau zu, die sich auch prompt in Bewegung setzte. Es war an der Zeit, sich abzusetzen! Als die Alte an einem Abfallbehälter vorbeiging, sprang Gnumba ab und verbarg sich unter diesem. Sie wollte warten, bis der Zug weg war und dann hinab auf die Gleise. Der Zug rollte jetzt an, nahm Tempo auf und ließ den Bahnhof in friedlicher Stille zurück. Nun war eine günstige Gelegenheit gekommen: Es befand sich nur noch ein blau gekleideter Mann mit Schirmmütze und das Mädchen, welches vorhin mit dem Grüngekleideten gesprochen hatte, hier oben. Das Mädchen benahm sich allerdings etwas merkwürdig, denn es schien auf seine Reisetasche einzureden! Dann richtete sie sich auf und sah sich um, als suche sie etwas.
"Gnumba?"
Gnumba schrak zusammen, war sie entdeckt worden? Ach ja, woher sollte das Menschenmädchen denn überhaupt ihren Namen wissen?
"Gnuumbaaa! Lila, Camilla und Renata suchen dich! Wenn du hier bist melde dich, ich bin eine Freundin!"

Gnumbas Herz schlug höher: Konnte es wahr sein, daß die Elfenmädchen so schnell zu ihr gefunden hatten? Dann war das Menschenmädchen sicher Corinna. Sie sah sich rasch um, ob niemand anderes in der Nähe war, der sie hören konnte. Nein, alles war frei um sie herum, und der Mann mit der Schirmmütze und dem blauen Anzug war weit genug weg.
"Ich bin hier!" rief sie, so laut sie konnte, "hier, unter dem grünen, öh, Behälter!"
Da im Moment sonst kaum Geräusche die Bahnhofshalle erfüllten, hörte das Mädchen sie sofort, kam schnellen Schrittes auf sie zu und ging neben dem Abfalleimer in die Hocke.
"Hallo Gnumba", sagte sie mit einem neugierigen Ausdruck auf ihrem hübschen Gesicht, "ich bin Beate, die Elfen haben mir erzählt, wie es dich hierher verschlagen hat. Ich hatte gar nicht zu hoffen gewagt, dich so problemlos zu finden!" Während sie sprach, hatte sie die mitgeführte Tasche geöffnet, aus der sie die Gesichter der drei Elfen erleichtert anblickten.
"Steig am besten gleich mit hinein", empfahl Beate, "ehe dich jemand sieht oder sich Gedanken macht, warum ich die ganze Zeit an einem Abfallbehälter knie."
Der Bitte leistete Gnumba sofort Folge und kletterte zu ihren Freundinnen hinein. Anschließend ging Beate zu einer etwas abseits stehenden Bank, wo sie sich setzte, damit sie ungestört ihre Neuigkeiten austauschen konnten.
"Also", setzte Gnumba an, als sie sich gegenseitig ausreichend erzählt hatten, "wenn wir in der anderen Stadt zurück sind, fliege ich lieber sofort mit meinem, öh, Falken heim und berichte meinem Stamm, daß Hilfe im Anmarsch ist. Wie lange werdet ihr für den, öh, Weg, öh, brauchen?"
"Ich weiß es nicht", sagte Beate achselzuckend, "ich kenne den Weg ja nicht und weiß nicht einmal, wie weit es ist."
"Ich glaube, du machst es am besten so wie deine Schwester", schlug Camilla vor, "das erste Stück mit dem Zug, dann irgendwie mit einem Auto bis zu dem

Dorf, wo Bernhard wohnt, oder sogar bis zum Sumpf, und dann sind es noch zwei bis drei gute Tagesmärsche zu Fuß, jedenfalls haben Corinna, Bernhard und Martha ungefähr so lange gebraucht."
"Ach du grüne Neune!" rief Beate entsetzt, "so weit ist das?! Hoffentlich schaffe ich das überhaupt, und wenn, dann bestimmt nicht in der Zeit, weil ich längst nicht so gut zu Fuß bin wie Conny. Aber wartet mal, ich hab 'ne Idee: Ich könnte mir in Ostendorf, das ist das Dorf, wo dieser Wissenschaftler Bernhard lebt, bei meiner Freundin Meike ein Pferd leihen, dann käme ich viel schneller vorwärts. Kann man denn den Weg dorthin zu euch reiten?"
"Ich glaub' schon", überlegte Lila, in Gedanken den Weg abfliegend, "zumindest bis zu der Schlucht, die auf die Hochebene hinaufführt, dort allerdings wirst du dann zu Fuß weiter müssen."
"Gut, dann machen wir es so, und ich werd' uns jetzt einen Zug raussuchen. Bevor wir auf die Reise gehen, will ich aber noch irgendetwas besorgen, womit ich diese fiesen kleinen Beißer bekämpfen kann."
Eine Stunde später waren sie in Beates Stadt zurück, und sie nahm die vier kleinen Wesen erst einmal mit nach Hause, da Gnumba nachts ihren Falken nicht herbeirufen konnte.
"Nanu, schon wieder da?" wurde sie von Beates Mutter begrüßt, "ich dachte, du wolltest in die Diskothek und dann zu einer Freundin."
"Will ich auch noch, aber ich wollte fragen, ob ich auch gleich ein paar Tage bleiben kann."
"Von mir aus, aber da hättest du doch auch einfach anrufen können."
"Ja schon, aber dann brauche ich doch auch noch einige Klamotten mehr", gab Beate zurück.
"Wolltest du denn heute abend noch los?" erkundigte sich ihre Mutter.
"Nee, ich nehm' morgen früh den ersten Zug."
"Dann sei aber bitte leise, wir wollen ganz gerne ausschlafen. Auch jetzt nicht so laut, Bea, Papa schläft nämlich schon."

"O.k. Mama, gute Nacht!" Sie gab ihrer Mutter einen flüchtigen Kuß auf die Wange und lief dann hinauf in ihr Zimmer.
"So, ich besorg' uns jetzt 'was zu essen, und dann werd' ich euch eine Schlafgelegenheit zurechtmachen, schließlich müssen wir alle morgen fit sein."
Am nächsten Morgen verließ Beate schon um fünf Uhr mit den Elfen und der Gumbin in der Tasche das Elternhaus und eilte zum Bahnhof. Dort angekommen, begaben sie sich etwas außer Sichtweite, damit Gnumba ungestört ihren Falken herbeirufen konnte. Doch trotz aller Pfiffe, die Gnumba ausstieß, ließ sich das Tier nicht blicken.
"Vielleicht ist er ja heimgeflogen", vermutete Lila, "weil du so lange weg warst."
"Das könnte schon, öh, sein", sagte Gnumba enttäuscht, "jetzt kann ich ihnen gar nicht Bescheid geben, und sie werden sich sicher große Sorgen machen."
"Besser jetzt, als wenn es auf dem Hinweg passiert wäre", meinte Camilla, "denn nun kann dich Beate ja tragen, und später kannst du wohl mit auf das Pferd."
"Na klar, das ist alles kein Problem", fand Beate, "aber nun hüpft mal wieder in die Tasche, wir müssen zur Bahn, damit wir den Zug nicht verpassen!"
Dieses Mal hatten sie ein Abteil für sich allein, so daß die Elfen und Gnumba von der Tasche aus dem Fenster sehen und so die Fahrt mehr genießen konnten.
Im nächsten Ort angekommen, suchte Beate einen Laden auf, in dem sie ein ganzes Bündel Rattenfallen, ein großes Fahrtenmesser und eine Lötlampe mit mehreren großen Ersatzgaskartuschen erstand. Des Weiteren kaufte sie noch eine Isoliermatte, eine Taschenlampe, sowie einen kleinen Gaskocher. Das alles verstaute sie in ihrem Rucksack, bis auf die Isomatte, die sie außen mit dem Schlafsack festschnallte. Anschließend ließ sie sich von einem Taxi nach Ostendorf zu dem Hof ihrer Freundin bringen.
"Hoffentlich schlafen die nicht noch", drückte sie ihre Befürchtung aus, als sie die Einfahrt zum Hof betrat. In diesem Moment kam aber gerade ihre Freundin aus

einer der Stallungen und führte dabei ein Pferd hinter sich her.

"Hi Meike!" rief Beate.

"Bea?! Was machst du denn hier?" antwortete diese freudig überrascht, "kommst du mich besuchen?"

"Na ja, nicht direkt, jedenfalls jetzt noch nicht", setzte sie hinzu, als sie Meikes enttäuschtes Gesicht sah, "ich muß mich dringend mit jemandem im Naturschutzgebiet treffen, und zwar ziemlich weit drin, und da die Zeit drängt, wollte ich fragen, ob ich mir von euch ein Pferd leihen kann?"

"Hört sich ja echt abenteuerlich und merkwürdig an", entgegnete Meike, "ein Treffen mitten im Naturschutzgebiet und dann auch noch eilig?! Das mußt du mir mal näher berichten!"

"Äh, tut mir leid, Meike, aber genau das darf ich nicht. Bitte frag nicht weiter, das soll auch kein Mißtrauen gegen dich sein, ehrlich, aber es geht wirklich nicht. Wenn es vorbei ist, kann ich es dir ja erzählen!"

"Schade, ich war gerade schon so richtig neugierig! Meinetwegen ist es o.k.. Ich werde dir mein eigenes Pferd, Geronimo, mitgeben, der ist lieb und geht gut, zudem riskiere ich dann nicht so'n Ärger mit Mum und Dad. Am liebsten würd' ich ja mitreiten, aber wenn das so geheim ist ... ! Außerdem muß ich heut nachmittag zu Tante Hildes Geburtstag." Sie verdrehte gequält ihre Augen. "Aber du mußt mir versprechen, auf dem Rückweg mindestens einen Tag lang zu bleiben!"

"O.k., gebongt!"

"Halt Geronimo mal", sagte Meike und drückte Beate den Führstrick in die Hand, "ich hole eben Sattel und Zaumzeug."

Als das Pferd, ein rotbrauner Fuchswallach, gesattelt und aufgezäumt war, hieß es Abschiednehmen.

"Du weißt, daß du dort im Naturschutzgebiet eigentlich nicht reiten darfst, Bea, also laß dich nicht erwischen. Aber meist ist dort eh niemand. Und denk dran, auf dem Rückweg, versprochen ist versprochen!"

"Klar, Meike, Tschau!" Die Mädchen klatschten die Hände gegeneinander, dann saß Beate auf und ritt in

lockerem Trab vom Hof. Als sie das Dorf verlassen hatten, kamen die Elfen und Gnumba hervor.
"Komisch, daß deine Freundin nicht mal gefragt hat, wie lange du das Pferd brauchst", wunderte sich Lila.
"Stimmt, das ist mir gar nicht aufgefallen!" erwiderte Beate überrascht, "allerdings kennen wir uns schon ewig und sind die besten Freundinnen, darum wollte sie wohl auch nichts Näheres wissen, als ich gesagt habe, daß ich darüber nicht reden kann. Wo muß ich eigentlich jetzt entlang?" wollte sie wissen und zügelte Geronimo an einer Weggabelung.
"Dort entlang", deutete Camilla auf den linken Weg, "und dann immer am Ufer entlang!"
Sie kamen gut voran, auch wenn Beate Geronimo etliche kleinere Umwege gehen ließ, da im Uferbereich der Untergrund teilweise zu weich zum Reiten war. So waren sie guter Hoffnung, den anstehenden Weg in relativ kurzer Zeit bewältigen zu können. Die drei Elfen hatten es mittlerweile vorgezogen, neben dem Pferd herzufliegen, da ihnen ausnahmslos von den Stößen und dem Geschaukel übel wurde. Gnumba hingegen machte es überhaupt nichts aus, im Gegenteil, sie genoß es sehr. Als sie den Sumpfgürtel hinter sich gelassen hatten und nun die trockeneren Wiesen vor ihnen lagen, gab Beate die Zügel frei und jagte im Galopp durch die wundervolle Landschaft. Sie jauchzte vor Freude, es war ein herrliches Gefühl, nach so langer Zeit einmal wieder reiten zu können, und dazu noch auf einem so hervorragenden Pferd wie Geronimo! Nach einigen Minuten mußte sie ihn aber wieder zügeln, zum einen, um ihn nicht zu überanstrengen, zum anderen, weil die Elfenmädchen das hohe Tempo nicht mithalten konnten. "Puh, ich hätte nicht gedacht, daß so große und plumpe Tiere derart schnell sein können!" rief Lila bewundernd.
"Na hör mal, Geronimo ist doch nicht plump!" protestierte Beate, "ganz im Gegenteil, er hat eher die schlanke Statur eines Rennpferdes."

Lila zuckte mit den Achseln. "Ich meinte ja auch nicht speziell ihn, sondern allgemein so große Tiere", verteidigte sie ihre Meinung.
"Sagt mal", redete Renata dazwischen, "ist euch eigentlich auch schon diese fette Libelle aufgefallen?" Sie deutete auf das große, grünlich schillernde Insekt, welches sie in gleichmäßigen Kreisen umflog, "die ist schon die ganze Zeit, seit wir den See erreicht haben, um uns rum!"
"Das ist bestimmt nur Zufall", war Camillas Meinung, "obwohl ...? Die ist ja echt riesig, sogar größer als wir!"
"Vielleicht ist sie ja eins von Urkalans Viechern", vermutete Lila, "aber der wird doch nicht etwa den Sturz in die Spalte auch noch überlebt haben?!"
"Ich weiß nicht", sagte Camilla unsicher, "eigentlich kann kein Wesen so etwas überleben, aber das hatten wir bei der Explosion in der Ruinenstadt ja auch schon gedacht."
"Ich frage mich nur, wie er, wenn er echt immer noch lebt, die Tiere steuert? Meliolantha hat doch seinen Rubin zerstört!" grübelte Lila.
"Ach was", rief Renata, "der lebt nicht mehr, da bin ich absolut sicher! Ich glaube, die fliegt einfach nur so da herum. Vielleicht denkt sie, wir seien Artgenossen und will sich mit uns paaren!"
Gnumba wurde rot: "Was hast du denn für Schweinereien im Kopf!" sagte sie peinlich berührt und sah Renata empört ins Gesicht.
"Meine Güte, so meinte ich es doch gar nicht, ich wollte doch bloß erklären, warum ich denke, daß sie so lange Interesse an uns zeigt!"
"Na klar", spottete Lila hämisch, "wir haben dich schon ganz gut verstanden!"
Auch Camilla und Beate grinsten nun.
"Ihr seid ja alle bescheuert!" schrie Renata verärgert und zog einen Schmollmund, "ihr wollt mich ja nur absichtlich falsch verstehen!"
Für die nächsten paar Minuten flog sie mit etwas Abstand hinter den anderen her.

"Paß auf dich auf!" rief Lila lachend zurück, "sonst faßt die Libelle das noch als Einladung auf!"
"Du bist total doof, die blödeste von allen!" rief Renata, sah sich aber doch ängstlich nach dem Tier um und schloß wieder dichter zu ihnen auf. Aber wie immer zwischen ihnen, dauerte der Streit nicht lange, und sie hatten sich wieder vertragen.
"Hier müssen wir abbiegen", erklärte Lila Beate, "hier beginnt das Kartal, in dem sich auch unser Dorf befindet. Da müssen wir dann aber einen großen Bogen drumherum machen, damit sie uns nicht sehen, denn die Gumben wollen nicht, daß zu viele von ihrer Existenz wissen."
Beate ritt, begleitet von den Elfen, in das wunderschöne Tal ein. Allmählich fühlte sie sich angestrengt, ihre Beine und der Rücken schmerzten, da sie lange nicht mehr geritten war, schon gar nicht eine derartige Gewalttour. Etwas beunruhigt stellte sie fest, daß die Libelle ihnen auch hier weiterhin folgte, jetzt allerdings in etwas größerer Entfernung.

6

Bregard schlenderte mißgelaunt am Ufer des Biberteiches auf und ab. Zuweilen blieb er stehen und warf mit Steinen nach völlig wahllos bestimmten Zielen. Es ärgerte ihn schon seit Tagen, daß Camilla ihm eine mehr oder weniger deutliche Abfuhr erteilt hatte. Sie waren doch mittlerweile schon recht lange zusammen gewesen, so daß er die Meinung vertrat, daß es durchaus an der Zeit war, mal etwas weiter gehen zu dürfen, als nur hie und da ein Küßchen. Leider schien Camilla diese Auffassung überhaupt nicht zu teilen und hatte sich nach seinen letzten Bemühungen deutlich zurückgezogen. Neidisch sah er zum Wasser hinüber, wo sich Welard mit der neunzehnjährigen Wira in einer liebevollen Balgerei vergnügte. Die war längst nicht so itzig wie Milla, das hatte er von Welard, mit dem er recht gut befreundet war, erfahren. Warum konnte Milla nicht auch so sein?! Vielleicht lag es ja an Lilas negativem Einfluß; die wollte Milla wohl für sich allein haben und hatte ihr womöglich zugeredet, ihn abzuweisen. Wenn er das tatsächlich mal rauskriegen sollte, könnte sie was erleben!
"Komm, wir machen ein Wettschwimmen!" rief Welard gerade Wira zu, "ich geb dir fünf Längen Vorsprung. Wer zuerst bei der Seerose dahinten ist, hat gewonnen!"
"Das schaffe ich locker!" lachte sie, warf sich ins Wasser und schwamm in flottem Tempo los. Hinter sich vernahm sie das Aufspritzen des Wassers, als Welard hinter ihr lossprintete. Wira bemühte sich, ihr Tempo noch zu erhöhen, als sie plötzlich gegen ein Hindernis unter der Wasseroberfläche stieß. Furchtsam schrie sie auf, als sie darin einen gut und gern zehn Zentimeter großen Gelbrandkäfer erkannte, der mit seinen hakenbewehrten Vorderbeinen nach ihr angelte. Als sie versuchte, ihn abzuwehren, spürte sie ein heftiges Stechen am Bein; noch bevor sie einen weiteren Schrei ausstoßen konnte, wurde sie mit einem Ruck nach unten gezogen und dabei auf den Rücken gedreht. Wira

bemerkte zu ihrem Schrecken, daß dort ein weiterer Käfer derselben Gattung sie mit seinen Klauen gepackt hatte. Verzweifelt strampelte sie, um sich zu befreien, aber der Haken seines einen Vorderbeines hatten sich bereits tief in die weiche Innenseite ihres rechten Schenkels gebohrt. Nun griffen auch noch weitere Beine des Tieres nach ihr, und seine Saugzangen gruben sich schmerzhaft in die Unterseite ihres Oberschenkels. Der erste Käfer hatte sich unterdessen an ihrem Kopf festgeklammert, und zu allem Überfluß näherte sich auch noch ein dritter von der Seite. Bregard hatte Wiras Schrei gehört und sah noch, wie sie unter die Oberfläche gezogen wurde; von hier aus war allerdings nicht zu erkennen, was das Mädchen gepackt hatte. Jetzt hatte auch Welard die Stelle erreicht, schien aber wenig ausrichten zu können. Bregard sprang ab und flog eilends dort hin. Von oben konnte er nun deutlich die drei Gelbrandkäfer sehen, die Wira hinabgezogen hatten und nun tief unter Wasser, eine verdünnte Blutspur hinter sich zurücklassend, das mittlerweile bewegungslose Mädchen wegschleppten. Kein Wunder also, daß Welard nichts hatte ausrichten können, da Elfen durch ihre hohlen Knochen und den leichten Körperbau nicht in der Lage waren tiefer unterzutauchen. Der verzweifelte junge Mann schrie um Hilfe, und vom Dorf kamen die ersten Elfen angeflogen. Bregard versuchte den Käfern über Wasser zu folgen, aber nach kurzer Zeit waren sie unter Wasserpflanzen verschwunden. Er kreiste über dem fraglichen Teil des Sees, während sich immer mehr Elfen, die unterwegs von Welard informiert worden waren, zu ihm gesellten.
"Da, dort sind sie!" rief Killy, die ebenfalls herbeigeeilt war, und deutete auf eine wenige Meter entfernte Stelle. Sofort jagten die Elfen darauf zu, doch noch schneller war eine riesige Libelle, die herabgeschossen kam, Wira mit ihren Füßen packte und mit ihr in einem Tempo davonflog, daß es den Elfen unmöglich machte, zu folgen. Zwar flogen einige noch eine Zeitlang hinterher, kamen aber schon bald unverrichteter Dinge

zurück, weil sie das Insekt aus den Augen verloren hatten.
"Sagt, hattet ihr auch den Eindruck, als hätten die Käfer der Libelle Wiras Körper förmlich entgegengereicht?" fragte Sara, als sie nun zusammen mit dem unglücklichen Welard am Ufer standen.
"Stimmt, das kam mir genauso vor", bestätigte Killy, "normalerweise wären solche Tiere gar nicht mit ihrer Beute aufgetaucht, sondern hätten sie noch unter Wasser ausgesaugt."
"Denkt ihr das Gleiche wie ich?" wollte Histran mit sorgenvoller Miene wissen.
"Du meinst, daß wir es schon wieder mit Urkalan zu tun haben? Ja, das fürchte ich auch!" sprach Sara aus, was auch die übrigen dachten.
"Es ist nicht zu glauben!" rief Jondras resigniert aus, "kann man den denn durch gar nichts loswerden?!"
"Und jetzt sind auch noch Lila und Camilla zu Corinna unterwegs, ohne zu wissen, welche Gefahr ihnen droht!" klagte Sara.
"Zu Corinna?" entfuhr es Renatas Mutter, "Renata hat mir erzählt, sie flöge mit den beiden zu Bernhard!"
"Oh, oh", kommentierte Meanmar mit vielsagendem Gesichtsausdruck, "da haben unsere zwei Spezialistinnen für Katastrophen wohl wieder eigenmächtige Extratouren im Sinn!"
"Wieso? Ach was!" widersprach Killy, "ich wette, das ist nur ein Mißverständnis. Vielleicht hat Renata nicht richtig hingehört, außerdem ist es doch egal, ob sie nun bei Bernhard und Martha oder bei Conny sind!"
"Ja, WENN sie bei einem von ihnen sind!" betonte Meanmar.
"Nun", unterbrach Histran die Diskussion, "das läßt sich jetzt wohl kaum klären, im Augenblick ist ja wohl auch Wiras Schicksal vorrangig! Wenn wir uns nicht getäuscht haben, ist die Libelle tatsächlich in Richtung der Ruinenstadt davongeflogen, also scheint ein weiterer Besuch dort unvermeidlich."
"Wer kommt mit? Ich werde sofort losfliegen!" rief Welard mit blassem Gesicht, "hoffentlich ist sie nicht

schon vorhin ertrunken; diese Sch...käfer hatten sie so schrecklich lange unter Wasser gehalten!"

"Apropos, die Käfer!" warf Histran ein, "ab sofort sollte vorläufig keiner mehr im Teich baden, und wir müssen besonders auf die Kinder achtgeben. Auch an Land sollte niemand allein umherstreifen, denn eine Libelle von der Größe wie die vorhin, ist auch für nicht bewußtlose Elfen extrem gefährlich!"

"Also nochmal, ich fliege jetzt los", sagte Welard ungeduldig, "kommt nun jemand mit oder nicht?!"

"Welard, du solltest nichts überstürzen", bremste Histran den jungen Mann, "du mußt mit Ruhe und Umsicht an diese Aufgabe gehen, sonst rennst du nur noch selbst ins Verderben. Zum Beispiel mußt du daran denken, was du dort brauchst, wie zum Beispiel Licht, Lebensmittel und so weiter. Es werden sich mit Sicherheit genug Freiwillige finden, die dir helfen, aber das Ganze muß schon etwas durchdacht sein!"

Eine knappe halbe Stunde später startete Welard, unterstützt von fünf weiteren Elfen, zu denen auch Bregard gehörte, zu dem gefahrvollen Versuch, seine Freundin wiederzubekommen.

Derweil saßen Histran, Jondras, Killy und Sara beisammen, um Möglichkeiten zu erörtern, wie man die großen Raubkäfer erlegen könnte.

7

Beate hatte den Biberteich in weitem Bogen umritten und näherte sich dem Einschnitt, der zur Umbnugödnis hinaufführte, als sie spürte, wie ihr Pferd unruhig wurde. "Was ist los, Geronimo?" fragte sie und tätschelte beruhigend seinen Hals. Doch das Tier wurde immer nervöser und tänzelte auf der Stelle. Jetzt hörte auch Beate ein leises Rascheln in den nahen Büschen; noch ehe sie genügend Abstand gewinnen konnte, krochen ein gutes Dutzend der von den Gumben Reißzahnteufel genannten Kreaturen daraus hervor, sprangen das Pferd an und verbissen sich in Bauch und Beinen. Geronimo wieherte schmerzgeplagt auf und stieg auf der Hinterhand, sich gleichzeitig herumwerfend. Bei diesem plötzlichen Manöver riß der Sattelgurt, so daß Beate und Gnumba samt Sattel und Gepäck zu Boden stürzten und nun ebenfalls den hartnäckigen Attacken der übrigen Räuber ausgesetzt waren. Derweil raste Geronimo in panischem Galopp davon und war bald nicht mehr zu sehen. Die drei Elfenmädchen reagierten blitzschnell, sie schossen auf Gnumba zu, griffen sie an Armen und Beinen, und trugen sie unter Aufbietung ihrer gesamten Kräfte so hoch in die Luft, daß sie für die gierigen Angreifer nicht mehr zu erreichen war. Beate, die den Sturz unversehrt überstanden hatte, zog das neu erworbene Messer und trat und stach wild auf die sie attackierenden Wesen ein. Obwohl diese die Überlegenheit Beates erkennen mußten, griffen sie auch dann noch unermüdlich an, als die meisten schon tot im Gras lagen. Die letzten beiden, die noch lebten, hatten sich derart tief in ihrem linken Arm und der rechten Wade verbissen, daß Beate sie regelrecht kleinschneiden mußte, bevor sie die rasierklingenscharfen Zähne aus ihrem Fleisch lösen konnte. Der zurückbleibende Schmerz war ungeheuerlich. Gnumba wurde wieder neben Beate abgesetzt, und Reanata und Camilla halfen Beate bei der Versorgung ihrer Wunden, indem sie die Verletzung an der Wade aussaugten, um einer Entzündung vorzubeugen, während Beate dies an ihrem Arm selbst ausführen konnte. Derweil kontrollierte Lila einen der Reißzahnteufel nach dem anderen, um sicherzugehen, daß wirklich alle tot waren. Nachdem Beate abschließend die Wunden mit Pflastern abgedeckt hatte, schaute sie ihre Begleiterinnen geknickt an: "Wie soll ich bloß das Pferd wiederfinden und einfangen? Gelingt mir das nicht, wage ich gar nicht, Meike wieder unter die Augen zu treten!"

"Ich kann ja mal schauen, ob ich es irgendwo sehen kann", erbot sich Lila, die die Untersuchung der Angreifer mit dem Ergebnis abgeschlossen hatte, daß tatsächlich keiner mehr am Leben war. Sie flog sehr hoch empor, um möglichst weit sehen zu können, kam aber schon bald wieder mit enttäuschter Miene nach unten. "Es ist weit und breit nichts von dem Pferd zu sehen", erklärte sie, "es muß in seiner Panik wirklich sehr weit weggerannt sein!"

"Na ja, vielleicht ist es gar nicht so schlimm, denn nicht weit von hier hättest du es eh zurücklassen müssen, die Schlucht zur Hochebene hättest du es nie hinauf gekriegt", urteilte Camilla, "wir werden es auf dem Rückweg in aller Ruhe suchen."

"Das einzig Positive, was ich der Situation abgewinnen kann, ist, daß der Sattelgurt gerissen ist", sagte Beate, "sonst wären sämtliche Sachen, die ich besorgt habe, mit weggewesen!" Sie sortierte gerade, was sie mitnehmen und was sie hier zurücklassen wollte. Als sie fertig war, war der Rucksack prallvoll und mächtig schwer, so daß ihr schon jetzt vor dem Weitermarsch graute, besonders, wenn sie daran dachte, daß sie nun ja auch noch eine ziemlich tiefe Fleischwunde in der rechten Wade als Handicap hatte. Zuletzt versteckte sie den Sattel unter einem dichten Gebüsch und tarnte ihn noch mit einigen zusätzlichen Zweigen, danach schulterte sie den Rucksack und erklärte sich bereit, den Aufstieg zur Hochebene in Angriff zu nehmen.

"Ich fliege voran und zeige dir den Weg", erklärte Lila, "ich habe die anderen Male darauf geachtet, wo die Menschen, die da mit waren, hochgeklettert sind."

"Na, dann los!"
"He, und was ist mit mir?" wollte Gnumba wissen, "ich komme bei dem Tempo nicht mit!"
"Ach Gott, ja!" rief Beate, "tut mir leid, ich hatte nur im Augenblick einfach nicht an dich gedacht. Du kannst dich oben auf den Rucksack setzten, die paar Gramm zusätzlich werde ich gar nicht merken." Sie hob das Gumbenmädchen auf und setzte sie hinter ihren Kopf auf den Rucksack.
"Gar nicht mal so unbequem", freute sich Gnumba, "hier ist ja sogar eine Schlaufe, an der ich mich festhalten kann!"
"Tja, du hast's eben gut, aber nachher, wenn ich müde werde tauschen wir die Plätze!" bestimmte Beate lachend.
"Na klar", gab Gnumba grinsend zurück, "das mach' ich doch mit links!"
Die Elfen bemerkten schnell, daß Beates Selbsteinschätzung vor Beginn ihrer Unternehmung durchaus zutreffend war: Sie geriet wesentlich schneller, als sie es von Corinna oder der Hesiusfamilie kannten, außer Atem, und ihre Bewegungen wurden, besonders jetzt bei der Kletterei die höchste Kaskade hinauf, immer langsamer.
"Puh, wie weit geht das denn noch rauf?" keuchte sie und blickte kurz zurück. Das allerdings hätte sie wohl besser bleiben lassen, denn nun wurde sie sich erst richtig bewußt, wie tief es hinter ihr mittlerweile hinunter ging. Ein flaues Gefühl machte sich in ihrem Magen breit und schwächte zusätzlich den Griff ihrer Finger. "Ich schaff' es nicht!" preßte sie mit ängstlicher Stimme hervor, "ich glaube, ich falle!"
"Komm Beate, du hast es doch gleich geschafft!" versuchte Camilla zu beruhigen, "die Felsstufen, die hiernach noch kommen, sind alle viel niedriger und leichter!"
"Aber diese nicht, die nimmt ja gar kein Ende", entgegnete Beate mit einem furchtsamen Blick nach oben, "außerdem krieg' ich in meiner kaputten Wade einen Krampf!"

"Ähem, ich glaub', ich geh dann doch lieber, öh, runter, dann wird es für dich ja auch etwas leichter", meinte Gnumba mit bedenklicher Miene, kletterte über Beates Schulter und Arm zu der Felswand und hangelte sich dort behende empor.
"Keine Panik, Beate", sagte Camilla mit aufmunternder Stimme, die so gar nicht zu ihrer Angst, daß Beate abstürzen könnte, passen wollte, "sogar die kleine Anna hat das bewältigt, dann wirst du das doch wohl auch schaffen!"
'Reiß dich zusammen!' beschwor Beate sich selbst, 'du mußt es packen!' Mit vor Schwäche und Angst zitternden Gliedmaßen zwang sie sich Hand um Hand und Fuß um Fuß die von der Gischt des Wasserfalles feuchten und glitschigen Felsen empor. Als sie sich schließlich über die obere Kante geschoben hatte, blieb sie minutenlang dort liegen. Zurückblickend konnte sie kaum glauben, daß sie eine derartige Klettertour bewältigt hatte. Hätte ihr jemand früher derartiges zugetraut, hätte sie ihm höchstens ins Gesicht gelacht! Abgesehen von ihrer spürbar schwachen Kondition und dem immer mehr schmerzenden Bein, war der weitere Weg, verglichen mit der monströsen, fast hundertvierzig Meter hohen Felswand eben, das reinste Kinderspiel. Trotzdem war sie völlig fertig, als sie endlich oben waren. Solche körperlichen Anstrengungen waren ihr fremd, nie hatte sie ähnliches leisten müssen, soweit sie sich erinnern konnte, und Sport hatte sie auch so gut wie gar nicht getrieben. Mit müden Bewegungen streifte sie den Rucksack ab, der durch die Bluse hindurch schmerzende Scheuerstellen auf den Schultern hinterlassen hatte, zog Schuhe und Strümpfe aus und hielt ihre überanstrengten Füße in das kalte, klare Wasser des Baches.
"Wie weit ist es denn jetzt noch bis zu euch, Gnumba", fragte sie seufzend und drehte ihr Gesicht in die Abendsonne, "schaffen wir das heute noch?"
"Öh, nein, das ist noch zu weit, es wird ja schon bald, öh, dunkel, und im Finstern durch das Gebiet der Reißzahnteufel zu laufen, wäre wohl nicht, öh, ratsam."

"Hier ist doch auch ein guter Platz zum Rasten", fand Lila, "es ist geschützt, wir haben Wasser, und man kann auch alles recht gut übersehen, so daß sich nichts so ohne weiteres nähern kann, ohne daß wir es bemerken."
"Das ist mir auch nur recht", erwiderte Beate sichtlich erleichtert, nicht sofort weiter zu müssen, "solche langen Märsche sind echt nichts für mich!"
"Ich muß zugeben, daß mir von dem langen Flug mittlerweile auch schon die Muskeln ganz schön wehtun", stellte Camilla fest, "merkst du noch gar nichts, Lil?"
"Doch, Milla, natürlich! Ich wollte bloß nichts sagen, damit ihr nicht denkt, ihr müßtet Rücksicht auf mich nehmen."
"Komisch, daß ihr alle schon, öh, schlapp seid, ich fühl mich noch total fit!" erklärte Gnumba, schaffte es dabei aber kaum zwei Sekunden, ein ernstes Gesicht beizubehalten, und auch die anderen fielen in ihr Lachen ein. Anschließend saßen sie einfach schweigend zusammen und genossen den wunderschönen Sonnenuntergang.
"Ich finde ... ", begann Beate, als Renata sie mit einer Handbewegung zum Schweigen aufforderte.
"Psst, ich höre da etwas, wie große Insekten, wir sollten uns lieber schnell verstecken!"
So rasch es ging, verbargen sie sich zwischen den Felsen und Büschen und spähten die Schlucht hinab. Sie brauchten nicht lange zu warten, da flogen sechs Elfen, welche gut bewaffnet waren, an ihnen vorbei. Kaum waren sie in der beginnenden Abenddämmerung verschwunden, sprangen die Mädchen auf.
"Hast du gesehen", rief Lila, "das war Bregard mit einigen anderen von unserem Dorf! Die suchen bestimmt uns! Wie die wohl darauf gekommen sind, daß wir nicht bei Conny, sondern in diese Richtung unterwegs sind?"
"Ich weiß nicht", widersprach Camilla überlegend, "ich glaube, wenn sie tatsächlich uns suchten, wäre bestimmt deine oder meine Mama und auch Renatas

Papa dabei. Die haben bestimmt irgendetwas anderes vor!"
"Vielleicht haben sie ja auch Ärger mit den Reißzahnteufeln und verfolgen welche von ihnen; immerhin haben diese Biester uns ja auch schon unten im Kartal überfallen", vermutete Lila, "hoffentlich ist nichts Schlimmeres passiert; eigentlich hätten wir sie nach diesem Überfall auf uns unbedingt warnen müssen."
"Meine Güte, du hast recht, Lil!" erschrak Camilla, "wieso sind wir nicht eher darauf gekommen? Nun ja, jetzt haben sie es ja scheinbar auch von selbst bemerkt, und immerhin hat Beate ja auch alle totgemacht."
"Das stimmt nicht ganz", warf Beate ein, "die, die sich an Geronimo festgebissen hatten, konnte ich ja nicht töten, wer weiß, wo die jetzt sind?"
"Aber das waren ja nur wenige", meinte Renata, "und wenn die dann von dem Pferd ablassen, werden sie so vollgefressen sein, daß sie bestimmt vorerst keine Gefahr darstellen dürften!"
"Ja, der arme Geronimo! Hoffentlich entzünden sich seine Verletzungen nicht, es ist ja niemand bei ihm, der ihn verarzten könnte!" seufzte Beate.
"Ach, der wird das schon, öh, verkraften!" vermutete Gnumba, "der ist ja so groß und, öh, stark, und es waren, so weit ich gesehen habe, nur, öh, drei Reißzahnteufel an ihm dran."
"Er kann sich aber auch bei seinem wilden Davonjagen verletzt haben", war Beate nur schwer zu beruhigen, "er tut mir so leid!"
"Ich kann dich gut verstehen", sagte Camilla mitfühlend, "aber wir können im Augenblick nun mal rein gar nichts für das Pferd tun. Wir sollten lieber aufpassen, daß wir nicht selbst noch Opfer unserer eigenen Unaufmerksamkeit werden!"
"Du hast Recht, Milla", erwiderte Beate und atmete tief durch, "ihr könnt euch meinetwegen hinlegen, ich übernehme die erste Wache."

"Gut, ich würde sagen, als nächstes wechselt ihr Elfen euch ab und ich, öh, wache dann in der Morgendämmerung, weil man da meist am, öh, müdesten ist und ich mich ja am wenigsten anstrengen mußte."
Da niemand Einwände hatte, galt der Vorschlag als angenommen. Doch entgegen aller Befürchtungen verlief die Nacht störungsfrei, und die Mädchen wachten am nächsten Morgen gut erholt, bereit zu neuen Taten, auf. Nach weniger als drei Stunden hatten sie die Kiefernwälder erreicht, in deren Innerem die Siedlungen der Gumben lagen.
"Ab hier müssen wir besonders, öh, vorsichtig sein", warnte Gnumba, "hier sind die Reißzahnteufel am häufigsten und in großer Zahl aufgetreten!"
"Dann fliegt ihr Elfen am besten so hoch, daß sie euch nicht erwischen können, und du, Gnumba, hältst dich gut fest, falls ich plötzlich schnell rennen muß, wenn uns wieder solche Biester angreifen."
Entgegen ihrer selbstsicher klingenden Vorschläge, fühlte sich Beate eher ziemlich kläglich. Wenn sie nur an den vergangenen Angriff zurückdachte und dabei den Schmerz in ihrem Bein fühlte, rutschte ihr das Herz in die Hose und brach der kalte Schweiß aus. Aber, was half's, da mußte sie durch! Langsamen Schrittes drang sie in der von Gnumba angezeigten Richtung zwischen den hohen Kiefern vor, durch welche eine sanfte Brise beruhigend rauschte. Dieses monotone Geräusch, die warme Sonne, die durch die Zweige auf den teils mit Nadeln, teils mit weichem Gras bedeckten Boden schien, und das friedliche Summen der Insekten, wie auch der angenehme Duft des Harzes, übten eine unwiderstehliche Wirkung auf sie aus. Immer wieder mußte sie sich zwingen, aufmerksam zu bleiben und sich nicht einlullen zu lassen.
"Ich passe mit Beate hier unten auf", rief Gnumba zu den Elfen hinauf, "haltet ihr die Bäume im Auge. Ihr müßt alle sehr genau hinsehen, ihr wißt ja, daß sie mit ihrer braunen, öh, Farbe, kaum zu entdecken sind!"
"Wir werden uns alle Mühe geben!" gab Lila von oben zurück und flog etwas voraus, um Beate und Gnumba

möglichst frühzeitig warnen zu können, falls sie etwas Verdächtiges erblicken sollte. Renata und Camilla verteilten sich etwas mehr auf die Seiten, so daß sie einen ziemlich breiten Streifen des Geländes überwachen konnten. Sie waren noch kaum zehn Minuten unter den Wipfeln der Bäume, als Renata aufgeregt herbeiflog.
"Psst und Vorsicht!" rief sie leise, "ihr müßt einen Umweg nach links machen, da hinten", sie deutete mit dem Finger nach rechts voraus, "haben welche von den Reißzahnteufeln scheinbar ein Reh erwischt. Man kann es allerdings kaum noch erkennen, da sitzen mindestens so vierzig, fünfzig Stück dran und fressen!" sie schüttelte sich voller Abscheu. "Zum Glück wirken sie so beschäftigt, daß sie uns, wenn wir vorsichtig sind, wohl kaum bemerken werden."
Während Renata sich den kleinen Raubtieren wieder so weit näherte, daß sie diese so gerade im Auge behalten konnte, machten die übrigen einen weiten Bogen um die gefährliche Stelle. Trotzdem konnten sie, da der Wind von der entsprechenden Seite kam, das Zischen und Knurren der reißenden Bestien hören. Beate beschleunigte unwillkürlich ihre Schritte, um so schnell es ging aus der Reichweite dieser Kreaturen zu gelangen. Bald war es wieder still um sie, so still, daß Camilla das Gefühl nicht loswurde, als halte die Natur den Atem vor einem gleich losbrechenden Unheil an. Ein kalter Schauer lief ihr über den Rücken. Rasch flog sie dichter zu den anderen.
"Ich hab so'n komisches Gefühl", gestand sie ihnen, "als müsse gleich etwas Schreckliches passieren!"
"Mir geht es genauso!"
"Mir auch!" bekannten Lila und Beate, und auch Gnumba rutschte unbehaglich auf dem Rucksack hin und her.
"Aber was soll denn ausgerechnet hier schon passieren?" widersprach Renata, "gerade hier ist doch der Wald besonders licht und übersichtlich!"
"Das stimmt schon", gab Camilla zu, "es ist ja auch nichts Konkretes, nur so'n mieses Gefühl!"

"Laßt uns sehen, daß wir, öh, weiterkommen", meinte Gnumba, "je eher wir hier weg sind, desto, öh, besser!" Eilig setzten sie den Weg fort, gehetzt um sich blickend. Mittlerweile schien es ihnen allen, als würden sie verfolgt, jedoch, sobald eine von ihnen versuchte, eine Stelle, wo sie eine Bewegung zu sehen geglaubt hatte, näher ins Auge zu fassen, war dort nichts zu entdecken. Beate stellte fest, daß ihr der Kiefer wehtat: Vor lauter Anspannung mußte sie wohl die ganze Zeit die Zähne zusammengebissen haben, so daß nun die Kaumuskeln schmerzten. Vergeblich versuchte sie locker zu bleiben, doch der beklemmende Eindruck blieb, beziehungsweise verstärkte sich sogar noch.
"Wir haben es gleich, öh, geschafft!" raunte Gnumba, "nur noch ein paar hundert Meter ... !"
Beate war inzwischen, ohne darüber nachzudenken, in Laufschritt gefallen und rannte jetzt gar. Just, als sie eine kleine Lichtung überquerte, auf welcher neben gelblichgrünem Gras nur noch Weidenröschen wuchsen und die harmloser gar nicht aussehen konnte, gab der sandige Boden unter ihr nach und sie stürzte, Gnumba mit sich reißend, zirka vier Meter tief in ein sich unter ihr auftuendes Loch. Nach dem heftigen Aufprall, der ihr die Luft aus der Lunge trieb, war sie bemüht, wieder zu sich zu finden. Als Beate nach Luft schnappte, führte dies zu einem heftigen Hustenanfall, weil sie eine Unmenge des nachrieselnden Sandes und Staubes einatmete. Hastig zog sie die Bluse aus der Hose und hielt sich den Stoff vor Mund und Nase: So ging es schon erheblich besser.
"Beate, Gnumba! Seid ihr in Ordnung?!"
Nach oben sehend, erblickte Beate die drei Elfenmädchen, die sich über den Rand der Einsturzstelle beugten.
"Es geht so", gab sie krächzend zurück, "aber was mit Gnumba ... ."
"Ich bin auch, öh, o.k.!" erklang nun zu ihrer Beruhigung das piepsige Stimmchen ihrer kleinen Freundin.

"Meinst du, du schaffst es, da wieder hinauszukommen?" wollte Lila wissen.

"Ich weiß nicht", sagte Beate unsicher, "es ist ganz schön hoch, und die Seitenwände scheinen nicht sehr fest zu sein! Aber ich werde es mal versuchen. Willst du nicht zuerst hoch Gnumba? Du bist doch klein und leicht und kannst viel besser klettern. Wart mal, ich hebe dich so hoch, wie ich reichen kann. Sie nahm das kleine Persönchen auf die Handfläche und hob sie empor, doch als sie sich aufrichten wollte, gab der Boden erneut nach und sie, wie auch Gnumba stürzten ein weiteres Mal ab, diesmal in einen noch größeren und tieferen Hohlraum. Diese neue Erschütterung reichte, um die labilen Seitenwände oben einsacken zu lassen und die beiden mit einer mehrere Meter dicken Sand- und Erdschicht von der Oberwelt abzuschneiden. Angst schnürte Beate die Kehle zu: Wie sollte sie hier wieder herauskommen? Sie konnte, wie sie schnell feststellen mußte, nicht einmal bis an die Decke reichen, also auch nicht nach oben graben! Neben sich hörte sie Gnumba wimmern.

"Hast du dir wehgetan Gnumba?" fragte sie besorgt.

"Öh, nein, aber ich hab' so, öh, Angst!" wisperte ihre Leidensgenossin und klammerte sich an der Älteren fest. "He, wart mal", erinnerte sich Beate, "ich habe doch eine Taschenlampe mit!" Hastig kramte sie in ihrem Rucksack, bis sie das Gesuchte gefunden hatte. Doch in dem nun aufflammenden Licht wirkte ihre Umgebung auch nicht gerade ermutigender: Sie befanden sich in einer Erdhöhle von vielleicht sechs Metern Durchmesser und einer Höhe von ungefähr viereinhalb Metern. Bis auf einen kleinen Gang, der eine Höhe von nur etwa sechzig Zentimetern aufwies, gab es keinen Ausweg. Die gesamte obere Höhle, in der sie sich zuerst befunden hatten, war eingestürzt und sie - und die Elfen erst recht – waren nicht in der Lage, diese gewaltigen Sand- und Erdmassen beiseite zu schaffen. Daß es Beate nicht besser ging als ihr, bemerkte Gnumba daran, daß der Lichtstrahl der Taschenlampe extrem stark zitterte.

"Wir werden es wohl mit dem Gang dort probieren müssen", entschied Beate mit flauem Gefühl im Bauch. Sie haßte enge Räume, und allein der Gedanke, dort hineinkriechen zu müssen, verursachte ihr vor Angst Magenkrämpfe. "Geh du voran, Gnumba", sagte sie mit einem Kloß im Hals, "damit du auch etwas von dem Licht hast und wir uns sehen und besprechen können."
"O.k., mach ich", stimmte Gnumba zu und lief - sie war ja klein genug dafür in den Gang hinein. Beate folgte kriechend und sehr beklommen: Konnte sie überhaupt hoffen, daß dieser Gang nach draußen führte?

Die Elfen standen fassungslos an der Einsturzstelle; nur noch eine sandige Mulde zeugte von der Tragödie. Lila und Camilla hatten reaktionsschnell gerade noch verhindern können, daß auch noch Renata mit hinabgerissen wurde, indem sie sie geistesgegenwärtig gepackt und hochgerissen hatten. Verzweifelt starrten sie auf den Trichter, von dessen Rändern noch immer Sand nachrutschte.
"Da kommen sie niemals wieder hoch!" flüsterte Lila tonlos, "das war ja schon so entsetzlich tief, bevor es zum zweiten Mal einbrach!"
"Wir können da überhaupt nichts machen", erklärte Camilla, "laßt uns schnell zu den Gumben weiterfliegen, das ist ja nicht mehr weit, und sie zu Hilfe holen!"
Mit einem letzten, hoffnungslosen Blick auf den Ort des Unglücks flogen die Elfen mit Höchstgeschwindigkeit in Richtung des nahen Gumbendorfes.

8

Wira hatte Mühe, ihre Gedanken zu ordnen: Was war bloß passiert, und wo befand sie sich? Sie wußte nur, daß ihr schlecht war und daß ihr rechter Oberschenkel entsetzlich wehtat. Langsam, denn ihr schwindelte, richtete sie sich in sitzende Haltung auf und sah sich um, nachdem sich die Sterne vor ihren Augen verzogen hatten. Sie befand sich in einem Raum, der offensichtlich von und für Menschen gemacht war und für deren Verhältnisse eher klein war. Es stand eine Liege, auf der sie gerade saß, und eine kleine Kommode in dem Zimmer, welches ansonsten nur noch eine elektrische Lampe an der Decke und in einer der oberen Ecken eine Kamera aufwies. Diese Tatsache verursachte bei Wira einen schmerzhaften Stich im Herzen: Es mußte sich um Urkalans Domizil in der Ruinenstadt handeln! Zu gut konnte sie sich noch erinnern, wie es letztes Mal hier gewesen war. Aber, wie war sie hierher geraten? Ganz allmählich kam bruchstückhaft die Erinnerung zurück; sie war mit Welard Schwimmen gewesen, ja richtig, sie hatten ein Wettschwimmen gemacht und dann? Die Käfer! Genau, sie war von riesigen Gelbrandkäfern angegriffen worden. Unwillkürlich fuhr ihre Hand zum Schenkel, hier war sie gebissen worden! Noch einmal meinte sie das widerlich saugende Gefühl zu spüren, als der eine Käfer sich an ihrem Blut gütlich getan hatte. Deshalb war ihr wahrscheinlich auch so schwindelig und übel, das Tier hatte wohl so viel ausgesaugt, daß ihr Blutdruck stark gefallen war. Außerdem erinnerte sie sich nun noch, wie sie entsetzlich viel Wasser geschluckt, beziehungsweise hinterher sogar eingeatmet hatte. Warum hatte Urkalan sie wieder ins Leben zurückgeholt? Was würde er nun alles Schreckliches mit ihr anstellen? Sie ließ sich hoffungslos auf den Bauch fallen und legte die Hände über den Kopf. Nachdem sie eine Weile so gelegen hatte, hörte Wira ein leises Surren. Sie schielte unter ihrem Arm hindurch und sah, wie sich das Auge der Kamera, an

der nun ein kleines rotes Lämpchen leuchtete, auf sie richtete.
"Nun meine Süße, froh, hierzusein?" erklang eine Stimme aus dem Lautsprecher neben dem Bett.
Das war mit Sicherheit nicht die Stimme Urkalans! Und doch kam sie ihr merkwürdig vertraut vor. Überrascht richtete sie sich auf und schaute zur Kamera hinüber, als könne sie dort den Sprecher sehen. Ein unterdrückter Schreckenslaut war zu vernehmen, dann die wütende Stimme, offenbar aber vom Mikrophon abgewandt: "Das ist sie ja gar nicht! Ihr hirnlosen Kreaturen, ich habe sie euch doch genau beschrieben! Könnt ihr nicht eine Elfe von der anderen unterscheiden?! Ich kann es ni... !"
Die Stimme verstummte, wahrscheinlich hatte der Sprechende das Mikrophon ausgeschaltet. Wira zermarterte sich das Hirn: Woher kannte sie nur diese Stimme? Doch so sehr sie auch nachdachte, es wollte ihr einfach nicht einfallen. Was war denn nun: Lebte Urkalan noch? Hatte er einen neuen Helfer? Dagegen sprach, daß derjenige eben so geredet hatte, als erteile er hier die Befehle, und dies würde Urkalan wohl kaum akzeptieren. Demzufolge sah es wohl so aus, als habe ein anderer Urkalans Stelle eingenommen. Aber wer? Und, hatte derjenige eine ebenso große Macht und magische Fähigkeiten wie Urkalan? Wira überlegte: Es mußte doch eine Möglichkeit geben, hier herauszukommen! Wenn sie nun die Kamera irgendwie abdeckte, vielleicht schickte dann ihr Entführer jemanden zum Kontrollieren. Sobald sich dann die Tür öffnete, könnte sie über denjenigen hinaus aus dem Raum fliegen. Nach kurzem Grübeln nahm sie etwas Brot, welches auf der Kommode auf einem Teller lag, kaute eine Weile darauf herum und verkleisterte dann mit dem so entstandenen Brei das Objektiv der Kamera. Danach postierte sie sich so hinter der Tür, daß sie nicht sofort zu sehen war, sollte diese geöffnet werden. Jetzt hieß es nur noch warten. Allerdings wurde ihre Geduld auf eine harte Probe gestellt, denn es tat sich lange überhaupt nichts. Wira vermutete, daß

der Mann, der vorhin geredet hatte, sich zurzeit vielleicht gar nicht dort aufhielt, wo er über die Kamera beobachten konnte. Das bedeutete natürlich für sie, daß es eine lange, harte Zeit des Wartens geben könnte, in der sie kein Mal in der Aufmerksamkeit nachlassen durfte, um den entscheidenden Augenblick nicht zu verpassen. Genervt stöhnte sie auf, da ihr verletztes Bein das lange Stehen offensichtlich schon jetzt übelnahm und sich mit pochendem Schmerz bemerkbar machte. Ob sie sich nicht besser hinsetzen sollte? Nein, es tat sich etwas: Sie hörte, wie die Tür entriegelt wurde. Jetzt öffnete sie sich, und zwei der ihr schon von früher bekannten Riesenameisen krabbelten in das Zimmer. Hastig erhob sie sich in die Luft und jagte zur Tür hinaus, beziehungsweise fast zur Tür hinaus, denn kaum passierte sie den Türrahmen, wurde sie von beiden Seiten wie mit stählernen Klammern geschnappt: Auf jeder Seite der Türöffnung hatte in halber Höhe je eine monströse Gottesanbeterin gelauert, die sie nun gemeinsam mit ihren sägeartigen, zu Greifwerkzeugen umfunktionierten Vorderbeinen hielten. Wira versuchte gar nicht erst, sich zu wehren, sie hätte eh nicht den Hauch einer Chance gehabt. Zudem entdeckte sie nun, daß auch der Gang von Kameras überwacht wurde, das bedeutete, daß sie sowieso nicht so einfach hätte entkommen können. Verzweifelt starrte sie auf die gräßlichen Fangschrecken: War es ihr Schicksal, jetzt von diesen verspeist zu werden? Einen viel schlimmeren Tod konnte sie sich kaum vorstellen, da sie wußte, daß diese Tierart ihre Opfer einfach so, bei lebendigem Leib fraß und zerriß. Ihr Körper wurde von konvulsivischem Schluchzen geschüttelt, und in ihren Augen brannten die Tränen. Aber noch machten die Gottesanbeterinnen keine Anstalten, sie zu fressen, vielmehr erklang nun wieder die eigentlich gar nicht so unangenehme Stimme: "So einfach entkommt mir niemand", hörte sie, "ich durchschaue jeden Trick, der dir einfallen könnte, da kannst du sicher sein! Also versuche

dergleichen nicht wieder und laß zukünftig die Kamera in Ruhe, verstanden?!"
"Ja, ja!" nickte Wira wimmernd und schloß ergeben die Augen, um nicht ständig in die maskenhaft starren Gesichter der langbeinigen Insekten neben sich blicken zu müssen.
"Dann verschwinde sofort wieder in deinem Zimmer!" befahl die Stimme mit zornigem Unterton, "ich habe Besseres zu tun, als mich dauernd mit dir beschäftigen zu müssen!"
Wira nahm ihren ganzen Mut zusammen, um ihre wichtigste Frage zu stellen: "Warum bin ich hier, was willst du von mir?" fragte sie leise.
"Das braucht dich nicht zu interessieren, außerdem stelle ich hier die Fragen und nicht du!" war die rüde Antwort. Wira gab es auf. Als die Gottesanbeterinnen sie losließen, schlich sie traurig in ihr Gefängnis zurück und legte sich auf das Bett, um sich von den Schrecken und Anstrengungen, die ihren geschwächten Körper arg mitgenommen hatten, zu erholen.

9

Welard und seine Mitstreiter näherten sich den Ruinen der zerstörten Stadt. Alles schien ruhig. Würde es ihnen gelingen, unbemerkt in die Gangsysteme einzudringen? Welard war, nachdem sie nun schon die ersten Gebäudereste hinter sich gelassen hatten, guter Hoffnung, denn weder waren irgendwelche abnormen Kreaturen zu sehen, noch war irgendein verdächtiger Laut zu hören.
"Wo willst du eigentlich hineinzukommen versuchen, Welard", fragte Bregard seinen Freund, "in den alten Eingang, wo Urkalan uns damals hat hineinbringen lassen, oder in den, den Lila, Anna und Meliolantha entdeckt haben?"
"Ich will es lieber mit dem zweitgenannten versuchen, weil dort eine gewisse Chance besteht, daß Urkalan ihn noch gar nicht kennt", entgegnete Welard.
"Dann müssen wir hier nach links", erinnerte sich Bregard, "da bin ich mir ganz sicher!"
"Mag sein, das habe ich nicht so genau behalten", gab Welard zu, "also los, da lang!"
Wenige Meter weiter erkannte auch er die fragliche Stelle wieder, aber als sie sich dem Eingang des unterirdischen Tunnels nähern wollten, entdeckten sie, daß dort, halbverborgen, zwei oder vielleicht auch mehr Gottesanbeterinnen Wache hielten. Enttäuscht drehten sie ab und suchten erst einmal einen verborgenen Winkel auf, um sich zu beraten.
"Er kennt ihn also doch, unseren 'Geheimweg'", sagte Welard ärgerlich, "an denen kommen wir nicht unbemerkt vorbei und selbst, wenn wir sie besiegen könnten, würde der Lärm die anderen Viecher und Urkalan alarmieren."
"Wir können es doch erst noch bei dem anderen Eingang versuchen", schlug Dungan vor, "vielleicht kommen wir dort leichter hinein."
"Das glaubst du doch wohl selber nicht!" erwiderte Welard, "wenn sie schon so einen unwichtigen Nebeneingang derart gut bewachen ... !"

"Na, gucken sollten wir dort trotzdem", unterstützte Bregard Dungan, "wir dürfen keine Chance auslassen!"
"Du hast recht, Bregard, ich war bloß gerade so frustriert, weil ich es mir unsinnigerweise leichter vorgestellt hatte, hineinzukommen."
Rasch umrundeten sie noch einige Ruinen, bis sie den Fuß des geborstenen Turmes erreichten, an dessen Flanke sich der Einstieg inmitten eines eingestürzten Hauses befand. Gut versteckt spähten sie hinüber, aber auch hier war ein Hineinkommen ausgeschlossen: mehrere Riesenameisen und ebenfalls zwei der Fangschrecken blockierten diesen Zugang.
"Mist, verdammter!" fluchte Dungan, "und was nun?"
Doch bevor noch jemand von ihnen auf diese Worte eingehen konnte, schwirrte nicht weit von ihnen eine riesenhafte Libelle empor. Offensichtlich hatten seine Worte, obschon relativ leise ausgesprochen, ausgereicht, das Insekt aufzuschrecken. Nun zog es einen engen Kreis über ihnen und schoß dann auf den Eingang zu, alarmierte die dort stehenden Wachen und kam umgehend zurück. Schon hörten sie noch weitere Flügel großer Insekten brummen.
"Schnell", rief Bregard, "wir müssen uns zurückziehen, wir können nichts gegen sie ausrichten!"
In großer Hast verließen sie ihre nun unwirksame Deckung und flohen in die Richtung, aus der sie gekommen waren. Ameisen und Gottesanbeterinnen blieben schnell hinter ihnen zurück, die Libellen, es waren mittlerweile drei, ließen sich jedoch nicht so leicht abschütteln, ja, sie waren sogar eindeutig schneller und holten rasch auf.
"Wir können nicht entkommen!" rief Welard den anderen schweratmend zu, "wir müssen uns ihnen stellen!" Die sechs bremsten ihren Flug und machten Front gegen die nachrückenden Libellen, die, in Anbetracht der neuen Lage, etwas zögerlicher näherkamen. Welard hatte sein Schwert gezogen, seine Kampfgefährten hielten Speere bereit. So verharrten die beiden Parteien einen Moment lang, die Lage neu einschätzend. Plötzlich zuckte die größte der drei

Libellen vor, genau auf den neben Welard postierten Dungan zu. In dem Augenblick, in dem sie ihre Fänge öffnete, um ihn zu packen, stach Bregard mit aller Kraft seinen Speer dem Insekt in die Unterseite seines Leibes, während Welard mit einem mächtigen Schwerthieb einen der vorderen Flügel abtrennte. Dadurch wurde das Tier aus seiner Flugbahn gerissen, verfehlte Dungan und taumelte, nun flugunfähig, zu Boden. Die beiden übriggebliebenen Libellen ließen sich dies als Warnung dienen und zogen sich aus der Reichweite der Elfen zurück, folgten ihnen aber, als sie ihren Weg fortsetzten. Sie waren noch nicht viel weiter gekommen, als Bregard abstoppte.
"Paßt auf!" rief er, "da kommen auch noch welche von vorn!"
"Tatsächlich", bestätigte Welard seine Beobachtung, "die müssen uns seitlich umrundet haben. Wir können nicht weiter, das sind zu viele. Noch waren ihre neuen Gegner nur als kleine Punkte zu sehen, es waren sicherlich ein Dutzend oder mehr, aber sie waren schnell und würden sie in relativ kurzer Zeit erreicht haben. Auch die beiden verfolgenden Libellen rückten angesichts der frischen Unterstützung wieder dichter an sie heran.
"Laßt uns nach links ausweichen", schlug Dungan vor, "ich meine, da hinten Wald zu sehen, vielleicht schaffen wir es bis dort, da haben wir dann wenigstens Deckung." Ohne zu zögern, befolgten sie seinen Rat und rasten auf den in dem leichten Dunst nur schwach sichtbaren Waldrand zu. Die von vorn kommenden Libellen schienen ihre Absicht zu durchschauen und bemühten sich offensichtlich, ihnen den Weg abzuschneiden. Dennoch gelang es den Elfen im letzten Moment, die Bäume des Kiefernwaldes vor ihnen zu erreichen und sich dort zwischen den Zweigen zu verschanzen, so daß die Libellen sie nicht mehr erreichen konnten, da diese, im Gegensatz zu den Elfen, ihre Flügel nicht anlegen konnten und sich demzufolge nicht durch so kleine Lücken zu zwängen in der Lage waren. Vorläufig waren die Elfen in Sicherheit,

doch wie sollte es nun weitergehen? Sobald sie versuchen sollten, den Baum zu verlassen, wären die Libellen wieder über ihnen. So befanden sie sich in einer mißlichen Pattsituation, in der sich vorerst kein gangbarer Ausweg zeigte. Welards Verzweiflung wuchs von Minute zu Minute. Nicht wegen der im Augenblick gegen sie gerichteten Bedrohung, sondern weil er keinen Weg sah, seiner Freundin Wira zu Hilfe zu kommen. Was mußte sie jetzt alles erdulden?! Er stieß einen Wutschrei aus, der seine ganze Angst und seinen Zorn zum Ausdruck brachte und den Libellen, wie auch seinen Freunden, einen gehörigen Schrecken einjagte. Bregard indes konnte Welard nur zu gut verstehen, war er selbst doch schon mehrfach in ähnlicher Lage gewesen. Stumm drückte er die Hand seines Freundes, der diese Solidaritätsbekundung dankbar entgegennahm. "Wir werden vermutlich warten müssen, bis es dunkel wird", sagte er resigniert, "solange die hier um uns lauern, kommen wir nicht weg. Das kostet alles so schrecklich viel Zeit, daß es für meine Kleine vielleicht schon zu spät ist!" Er preßte die Hände auf die Augen und schluckte schwer. "Dieser Teufel", fuhr er fort, "was hat der uns alles schon angetan! Wenn ich mit dem machen könnte, was ich wollte, würde er wünschen, nie geboren worden zu sein!"
Die fünf anderen konnten nur zustimmend nicken, sie alle teilten seine Gefühle. Doch vorerst war nicht daran zu denken, etwas gegen ihren Feind zu unternehmen, sie mußten sehen, daß sie nun vorab sich selbst in Sicherheit brachten. Die Zeit verging, doch die Libellen machten keine Anstalten, sich zurückzuziehen, nur eine war fortgeflogen, vermutlich um Unterstützung durch andere Wesen anzufordern, die die Elfen auch in den Bäumen überwältigen konnten. Quälend langsam verrannen die Stunden, in denen sie darauf warteten, entweder fliehen zu können oder von weiteren Kreaturen des Magiers angegriffen zu werden.

10

Langsam und vorsichtig, damit es nicht zu einem weiteren Einbruch führte, kroch Beate, den Rucksack vor sich herschiebend, hinter Gnumba her durch die flache Erdhöhle. Sie konnte kaum ihre Gedanken zusammenhalten, so sehr irritierte sie die umgebende Enge. Die Luft in dem Gang war unangenehm staubig und roch eigenartig säuerlich. Nach den ersten Metern wurde die Röhre geringfügig weiter, so daß es Beate etwas leichter fiel, vorwärtszukommen. Durch die Anstrengung, die mit dem mühsamen Vorwärtsschieben verbunden war, fing Beate schon bald an zu schwitzen, und der allgegenwärtige Staub setzte sich nicht nur in Mund und Nase, sondern nun auch noch auf der feuchten Haut ab. Hose und Bluse klebten an ihrem Körper und scheuerten ihre Haut wund, besonders da, wo Sand eingedrungen war. Beate hustete und löste damit neuerlich kleine Sandlawinen aus, deren eine sich direkt in den Kragen ihrer Bluse ergoß und all das Übel noch verschlimmerte. Gnumba, die bereits den Einsturz des Ganges vor sich sah, hatte die Hände vor den Mund geschlagen und starrte entsetzt an die Decke, doch glücklicherweise beruhigten sich die in Bewegung geratenen Massen schnell wieder. Beate ließ hoffnungslos den Kopf hängen: "Was soll ich denn machen, Gnumba?" flüsterte sie, "ich kann bei dem Staub den Husten nicht andauernd unterdrücken!"
"Ich weiß", erwiderte das Gumbenmädchen, "ich sag' ja auch, öh, gar nichts, ich habe mich nur erschrocken! Komm weiter, Bea, wir schaffen das schon!"
Die sechzehnjährige kämpfte ihre Angst nieder und schob sich weiter. Eine Zeitlang konnte sie sogar auf allen Vieren krabbeln, so daß sie schneller vorwärts kamen. Allerdings neigte sich der Gang immer mehr nach unten, anstatt sie Richtung Erdoberfläche zu führen. Allmählich wurde der Durchmesser der Höhlung auch wieder enger, und Beate war gezwungen, erneut auf dem Bauch zu kriechen. Bald schmerzten die Arme von der ungewohnten Anstrengung, und die Panik, nie

mehr herauszukommen, kehrte verstärkt zurück. Ungewollt wurden ihre Bewegungen schneller und hektischer, doch erreichte sie dadurch nichts weiter, als auch noch Gnumbas Angst zu verschärfen. Endlich begann der Gang anzusteigen, bis er sich dann in Spiralen steil nach oben wand. So angenehm es den beiden Mädchen zuerst auch erschien, nun in die gewünschte Richtung zu kommen, so problematisch wurde es andererseits, denn, um nach oben zu gelangen, mußte sich Beate nun an den Wänden abstützen, die dieser Belastung aber kaum gewachsen waren und ständig nachgaben. Beate schluchzte hilflos, mühte sich aber mit immer geringer werdendem Erfolg weiter. Plötzlich brach ein Teil der Seitenwand über Gumba, die vorankletterte, weg, riß sie mit und begrub sie und Beates Kopf unter sich. Erschreckt ließ Beate los und rutschte ein Stück zurück nach unten. Sie hustete und prustete, um den Dreck aus Mund und Nase zu bekommen und machte sich so dünn wie möglich, damit der Sand und das gelöste Erdreich an ihr vorbei nach unten fallen konnte. Gnumba, die sich inmitten des Sandes befand, gelang es, sich an Beates Bluse festzuhalten. Zum Glück hatte sie den Einbruch früh genug bemerkt und rechtzeitig Augen und Mund geschlossen, sowie die Luft angehalten. Das galt leider nicht für Beate, die nun, als ihr Kopf wieder frei war, jämmerlich zu weinen begann, denn sie hatte die volle Ladung in die offenen Augen bekommen.
"Oh du Arme", sagte Gnumba mitleidig, "dreh mal die Taschenlampe zu deinem Gesicht, Bea, ich werd' versuchen, den, öh, Sand aus deinen Augen zu entfernen!" Eilig machte sie sich an die fummelige Arbeit, die dadurch etwas erleichtert wurde, daß Beates Tränen schon einen Teil wieder herausgewaschen hatten und daß die Finger einer so kleinen Person wie Gnumba für eine derartige Arbeit geradezu prädestiniert waren. Trotzdem litt Beate schlimme Qualen, bis Gnumba auch das letzte Sandkorn hinter den Augenlidern hervorgeholt hatte.

"Danke, Gnumba, jetzt geht es mir schon wieder besser", sagte Beate erleichtert, obwohl die Augen schon noch gehörig brannten, "sehen wir zu, daß wir weiterkommen, ich halte das nicht mehr lange aus, ich fühl' mich wie eine Wurst in der Pelle!"
Ab jetzt blieb Gnumba auf Beates Schulter, so daß damit die Gefahr, daß sie ihr erneut Sand ins Gesicht beförderte, weitgehend gebannt war. Doch das nächste Problem ließ nicht lange auf sich warten: Der ohnehin schon schmale Gang wurde noch enger, und Beate bekam immer mehr Schwierigkeiten, sich weiterzuschieben. Dann war der Punkt erreicht, wo gar nichts mehr ging; so sehr sich Beate auch abmühte, sie kam weder vorwärts noch zurück. Dazu hatte sie sich bis hier schon mit äußerster Kraft gedrückt, daß nun ihre Brust derart eingequetscht war, daß sie praktisch keine Luft mehr bekam. Mit voller Panik geweiteten Augen, japste das arme Mädchen nach Luft.
"Gnumba ... ich ... krieg ... keine ... L ... ", brachte sie krächzend im Flüsterton hervor.
"Oh Gott, was soll ich denn machen?!" flehte Gnumba und mühte sich mit ihren kleinen Händen ab, Beates Brust freizugraben. Doch ausgerechnet hier waren die Höhlenwände derart hartgepreßt, daß sie praktisch nur millimeterweise vorankam. "Oh nein, oh nein, ich schaffe es nicht!" weinte sie mit Blick auf Beates vorquellende Augen und ihre blaue Gesichtsfarbe.
"Bi ... bitt ... Gnum ... beeil ... !!"
"Hilfeee, oh Mami, Hilfeee!!!" schrie Gnumba, obwohl sie doch, außer Beate, niemand hören konnte, wobei ihr Hände nur so flogen. Aber ihr wurde schnell klar, daß nur noch ein Wunder Beate retten konnte; als Gumbin hatte sie genug Erfahrung im Graben, um beurteilen zu können, wie lange sie brauchen würde, Beate genügend Platz zum Atmen zu verschaffen. Doch ungeachtet dessen arbeitete sie fieberhaft weiter, als Beate, die schon kaum noch recht bei sich wirkte, einen gurgelnden Schreckenslaut ausstieß. Irgendetwas machte sich an ihren Füßen zu schaffen! Sie fing an zu strampeln, hatte aber so gut wie keine Kraft mehr und

konnte nicht verhindern, daß erneut etwas einen ihrer Füße mit schmerzhaftem Biß packte und daran riß. Sie schrie in Todesangst ihre letzten Luftreserven hinaus, wobei Gnumba annahm, es sei immer noch wegen des Eingequetschtseins, dann wurde der Zug an Beates Bein so stark, daß sie aus der Engstelle gerissen wurde und mit dem freien Fuß auf etwas Wabbeliges trat. Keuchend und nach Atem ringend, drückte sie die Arme gegen die Wände und trat mit dem freien Fuß immer wieder, so fest sie konnte, gegen das Etwas, welches sie gepackt hielt. Endlich fühlte sie, wie sich der Biß um ihr anderes Bein lockerte und riß es empor, um dann beide Beine zu spreizen und auch die Füße noch in die Höhlenwandungen zu stemmen. Erst jetzt, als Beate nach unten gerissen worden war, hatte Gnumba mitbekommen, daß dort noch etwas anderes sein mußte. Als Beate nun mit der Taschenlampe nach unten leuchtete, sah sie ihr über die Schulter. Dort erblickten sie beide den aufgequollenen weißlichen Kopf eines wurmähnlichen Wesens, welches den Gang ganz ausfüllte. Mittig vorn auf dem Kopf, der anscheinend keine Augen aufwies, war eine runde Mundöffnung zu sehen, die von doppelten Zahnreihen eingefaßt war und beinahe wie ein überdimensionales Bohrgerät wirkte. Das Wesen wand sich unschlüssig hin und her, um die Situation zu verstehen; noch nie war es von irgendetwas hier unten angegriffen worden und konnte sich nicht recht entscheiden, ob es noch einen neuerlichen Versuch machen sollte, dies wehrhafte Hindernis zu entfernen. Langsam bewegte es sich wieder und schob sich zwischen Beates Beinen aufwärts.
"Schnell Gnumba, gib mir das Messer aus dem Rucksack!" schrie Beate voller Ekel und Furcht. Hastig öffnete die Gumbin die Schnallen und wühlte hektisch in den Innentaschen herum.
"Beeil dich!" brüllte Beate, als das Wesen erneut zubiß und nach einem Schlag mit der Taschenlampe einen Teil ihrer Jeans wegriß. Endlich, als sich der Kopf des Wurmes schon wieder näherte, hatte Gnumba das gewünschte Messer gefunden und drückte Beate den

Griff des für sie gewaltigen Gegenstandes in die Hand. Ehe das Tier neuerlich zubeißen konnte, versenkte Beate die zwanzig Zentimeter lange Klinge in dem Kopf der Kreatur, um es sofort wieder herauszureißen. Das Wesen schleuderte den Kopf hin und her, aus dem eine gelbliche Flüssigkeit austrat, die einen säuerlichen stinkenden Geruch verbreitete, stieß ein langanhaltendes Zischen aus und zog sich, eine Schleimspur zurücklassend, in die Tiefen der Erde zurück. Als es verschwunden war, atmete Beate tief durch, aber ausgestanden war die Sache noch längst nicht, denn sie hatten ja die Engstelle immer noch vor sich.

"Leuchte mal nach oben, Bea, ich klettere soweit hinauf, wie ich etwas sehen kann, und schaue nach, ob wir dort überhaupt weiterkommen."

Beate tat, wie Gnumba vorgeschlagen hatte, und diese stieg rasch die steile Höhlenwand hinauf. Beate verfolgte ihre Bewegungen gespannt, bis sie aus ihrem Blickfeld entschwunden war. Sie mußte eine ganze Weile warten und war immer wieder versucht, den Strahl der Taschenlampe nach unten zu richten, ob nicht etwa der gräßliche Wurm zurückkehrte, doch brauchte Gnumba das Licht jetzt dringender, und wenn sie es zwischenzeitlich wegnahm, könnte ihre Freundin womöglich abstürzen. Nach etlichen bangen Minuten verrieten ihr kratzende Geräusche und herabrieselnder Sand, daß Gnumba auf dem Rückweg war.

"Und, was ist?" fragte sie ängstlich gespannt, "können wir dort hinaus?"

"Ich bin mir nicht ganz, öh, sicher, dieser Gang endet oben in einer Höhle, ähnlich, öh, der, wo du zuerst eingebrochen bist. Aber den Geräuschen nach zu urteilen, muß sie ganz dicht unter der, öh, Oberfläche sein. Ich glaube, du könntest dich da, durchgraben."

"Und was ist mit dem Tunnel dort hinauf, ist der das ganze restliche Stück so eng?" war Beates größte Sorge.

"Nein, nein, zum Glück nicht! Die enge Stelle ist nur ganz kurz", versicherte Gnumba zu Beates großer Erleichterung.

"Vielleicht schaffe ich es ja, sie mit dem Messer zu verbreitern", überlegte Beate, "das hätte ich vorhin am besten gleich getan, anstatt zu versuchen, mich da durchzuzwängen."
Es war eine elende Plackerei, die harten Tunnelwände zu bearbeiten, und da Beate überkopf arbeiten mußte, bekam sie ständig das entfernte Material in Haare und Gesicht. Weiteres rutschte in die Ärmel und den Ausschnitt ihrer Bluse, nur ein minimaler Rest fand den Weg an ihr vorbei und verlor sich in der Tiefe des, wohl von dem Wurm gegrabenen, Tunnels. Nach fast einer vollen Stunde harter Arbeit war der Engpaß so erweitert, daß Beate hindurchpaßte. Allerdings kam sie trotzdem kaum vorwärts, denn nach dem kräftezehrenden Graben über Kopfhöhe waren die Reserven ihrer untrainierten Armmuskeln total aufgebraucht. Stöhnend quälte sie sich die letzten Meter hinauf, bis sie die von Gnumba beschriebene Höhle erreicht hatte. Dort ließ sie sich auf den Boden fallen und hielt sich die Arme.
"Oh Gnumba, ich brauch erst mal 'ne ausgiebige Pause", stöhnte sie, "ich kann jetzt nicht schon wieder buddeln, mir fallen die Arme ab!"
"Das kann ich dir wohl, öh, glauben! Ich würde dir ja auch gerne helfen, aber bei der, öh, Durchgangsgröße wie du sie brauchst, ist das bißchen, was ich dazu beitragen kann, eher, öh, lächerlich."
"Bei der Durchgangsgröße wie ich sie brauche! Da komme ich mir ja richtig fett vor, so wie du das ausdrückst!"
"Ey, so meinte ich das aber nicht!" protestierte Gnumba, "ich meinte doch nur, weil du so viel, grö ... ."
"Schon gut Gnumba, war doch nicht ernst gemeint!" stoppte Beate lächelnd Gnumbas Entschuldigung, "es hörte sich für mich einfach nur komisch an." Sie klaubte die Trinkflasche aus dem Rucksack, spülte sich zuerst den Mund aus, um den zwischen den Zähnen knirschenden Sand loszuwerden, und trank anschließend gut die Hälfte des verbliebenen Wassers aus. "Aahh,

jetzt fühl ich mich schon besser", seufzte sie, "willst du nicht auch etwas trinken?"
"Öh, ja, das könnte ich schon gebrauchen", erklärte Gnumba und trank ebenfalls gierig das kühle Naß.
"Ich glaub, ich bin soweit, daß ich mich aufraffen kann", stellte Beate kurz darauf fest, "warten, daß die Arme nicht mehr weh tun, kann ich ja schließlich nicht!" Müde hob sie die Hände und begann, wieder unter Zuhilfenahme ihres Messers, ein Loch in die Höhlendecke zu bohren. Diesmal stellte sich der Erfolg ein, ehe sie ungeduldig werden konnte: Sie hatte noch keine vierzig Zentimeter weit gegraben, als sie mit einem Warnruf zurücksprang. Das Höhlendach gab, durch Beates Bemühungen instabil geworden, nach und brach rund um die Arbeitsstelle ein. Endlich, endlich sahen sie wieder den Himmel über sich! Erschöpft und schmutzverklebt kletterte Beate aus der Grube, während Gnumba sich, auf dem Rucksack sitzend, hinaustragen ließ.

"Hier muß es irgendwo gewesen sein", meinte Lila und deutete auf die vor ihnen liegenden Wiesen inmitten des Kiefernwaldes.
"Kann schon sein", bestätigte Renata so halb und sah prüfend auf das im Wind wogende hohe Gras, "aber entdecken kann ich es nicht!"
Die Rede war von dem Gumbendorf. Da sie erst einmal hiergewesen waren und die Gumben ihre Behausungen äußerst verborgen anlegten, hatten die Elfen Schwierigkeiten, die genaue Stelle wiederzufinden. Wahrscheinlich hätte die Suche noch eine ganze Weile dauern können, wären sie nicht von einem Gumbenjungen entdeckt und wiedererkannt worden.
"Hallo ihr!" vernahmen die Mädchen seine Stimme unter ihnen, als sie langsam über die ausgedehnte Grasfläche flogen, "wo habt ihr denn Gnummi gelassen?"
Erst erschrocken, dann erleichtert reagierten die drei auf den plötzlichen Anruf. "Bitte, kannst du uns ganz schnell zu Gnubbel oder zu Gnumbas Eltern führen?!" rief Camilla, "es ist ein Unglück geschehen, und Gnumba braucht dringend Hilfe!"
Der Junge wurde blaß: "Kommt mit, ich zeig's euch!"
Er stürmte durch die hohen Halme, daß diese nur so weggefetzt wurden. "Hier ist es! Gnessa, komm schnell, Gnumba ist 'was passiert!" schrie er noch.
Während die Elfenmädchen vor der Wohnhöhle von Gnumbas Eltern landeten, wurde die Tür aufgerissen, und Grapp und Gnessa kamen herausgerannt.
"Was ist mit unserem Kind geschehen?!" rief Gnessa mit angstverzerrtem Gesicht, und auch Grapp starrte sie in furchtsamer Erwartung an. Derweil gesellten sich immer weitere durch das Geschrei angelockte Gumben hinzu und waren neugierig, was es da wohl zu hören gab. "Gnumba ist verschüttet worden, zusammen mit Beate, einem Menschenmädchen, das wir mitgebracht haben", berichtete Lila hastig, "nur ein paar hundert Meter weiter dort hinten. Aber wir sind zu klein und zu

wenige, als daß wir es hätten schaffen können, sie wieder auszugraben."
"Oh Gott, nein!" rief Gnessa entsetzt aus, "Grapp, hol schnell alle starken Gumben zusammen und sag ihnen, sie sollen Schaufeln und dergleichen mitnehmen!"
"Ihr müßt euch ganz doll beeilen!" rief Renata mit Tränen in den Augen, "vielleicht sind sie sogar schon erstickt!"
Gnessas Herz raste, das konnte einfach nicht wahr sein, ihrer Tochter durfte nichts passiert sein! Unterdessen kamen auch Gnubbel und Gulda schnaufend herangewalzt. "Leute, Gumben!" rief Gnubbel mit viel Pathos in der Stimme, "in dieser Stunde der Gefahr müssen alle Gumben, egal ob alt oder ju... !"
"Dies ist nicht der Augenblick für unnützes Gewäsch!" fuhr ihm Gulda über den Mund, "wir tun jetzt einfach, was nötig ist, und das ist, was Gnessa und Grapp sagen! Kapiert, alter Trottel?"
Gnubbel sackte sichtlich in sich zusammen und nickte stumm. Nahezu alle erwachsenen Gumben und auch einige der Kinder hatten sich inzwischen mit allerlei Grabewerkzeugen eingefunden, und so gab Grapp denn das Signal zum Aufbruch. Lila, Camilla und Renata flogen so schnell voran, daß selbst die schnellsten Gumben, außer Gnessa und Grapp, die besonders von der Angst um ihr Kind getrieben wurden, kaum zu folgen vermochten. Kurze Zeit später standen sie um den Trichter, der von der eingesackten Höhle übriggeblieben war. Zuerst riefen Gnessa und Grapp so laut sie konnten nach Gnumba und Beate und lauschten dann mit dem Ohr am Boden, ob sie eine Antwort vernähmen, doch eine hörbare Reaktion blieb aus. Dann begannen die meisten der Gumben zu graben, während andere Zweige schnitten, um die beim Graben immer tiefer werdenden Seitenwände gegen Nachrutschen zu sichern. Auch die drei Elfen hatten sich Schaufeln geben lassen und halfen nach besten Kräften. So klein die Gumben auch waren, beim Graben und Höhlenbauen waren sie kaum zu übertreffen, und so machte die Arbeit auch bald sichtbare Fortschritte.

Am tiefsten Punkt der Grabung, allen anderen voran, arbeiteten Gnumbas Eltern fieberhaft, um ihre Tochter noch lebend bergen zu können. Sie mußten einfach hoffen, daß die beiden Verschütteten noch einen Hohlraum dort unten vorgefunden hatten, denn, wenn sie tatsächlich inmitten dieser Sandmassen stecken sollten, war jede Hoffnung vergebens. Plötzlich vernahmen die wild unten schuftenden Gnessa und Grapp weiter oben Aufregung und laute Rufe, dann legte sich ein Schatten über das Grabungsloch. Aufblickend sahen sie ein Menschenmädchen, das bis dicht an das Loch herangetreten war. Sie sah übel mitgenommen aus: Ihre Hose war zerfetzt, ein Hosenbein kaum noch vorhanden und auch die Bluse sah wenig besser aus, zudem war sie von oben bis unten mit einer dicken Schmutzschicht überzogen; die Haare waren wirr und zerzaust, und in dem Staub auf ihren Wangen hatten Tränen ihre Spuren hinterlassen. Dennoch erschien sie ihnen als das strahlendste Geschöpf, welches sie jemals erblickt hatten, denn das Mädchen hielt die unverletzt aussehende und winkende Gnumba auf ihrer Hand! Grapp mußte Gnessa aus dem Loch heraushelfen, denn nun, wo vor Freude und Glück die ganze Anspannung von ihr abgefallen war, hatte sie derart weiche Knie bekommen, daß sie nicht fähig war, alleine zu laufen. Gnumba sprang ihrem Vater, trotz der recht großen Höhe, in der sich Beates Hand noch befand, von oben in die Arme. Durch die Heftigkeit des Aufpralls wurde dieser wie auch Gnessa umgerissen, doch sollte das der unerwarteten Wiedersehensfreude keinen Abbruch tun. Sich fest umarmend, lagen die drei, von den anderen gerührt betrachtet, im Gras und konnten gar kein Ende finden.
"Wir sind so froh, euch heil, hm, wenigstens so einigermaßen heil wiederzuhaben", sprach Camilla stellvertretend für die drei Elfen aus und küßte Beate fröhlich mitten in ihr schmutziges Gesicht, während Lila und Renata das gleiche von links und rechts machten. Nun sah auch Gnubbel seine Stunde gekommen. Mit wichtiger Miene stolzierte er auf Beate zu und räusperte

sich laut und vernehmlich: "Sehr geehrte Menschin! Wir Gumben sind dankbar und froh, daß du ... hm ... ", Gnubbel brach enttäuscht ab, da in diesem Moment Gnumbas Eltern die euphorische Begrüßung ihres Kindes beendet hatten und sich nun lautstark, seine immens wichtige Rede ignorierend, bei Beate bedankten. Diese wehrte jedoch bescheiden ab: "Wenn ich nicht dabei gewesen wäre, hätte es diesen Unfall doch gar nicht erst gegeben", gab sie zu bedenken. Doch davon wollten Grapp und besonders Gnessa nichts wissen, schließlich sei Beate doch nur auf Bitten von Gnumba überhaupt hierher unterwegs gewesen und habe diese ja auch tragen müssen, da ihr Falke, der übrigens allein zum Gumbendorf zurückgekehrt war, nicht zur Verfügung gestanden habe.
"Können wir jetzt endlich zurück?" drängelte Gnumba, "ich brauche unbedingt ein, Bad, ich fühl' mich furchtbar, und Beate wird es sicher nicht besser gehen."
"Das kannst du laut sagen", bestätigte diese, "mich kratzt und juckt es überall. Habt ihr denn einen Teich oder so was bei euch, wo ich mich waschen kann?"
"Einen Teich zwar nicht", bedauerte Gnessa, "aber nicht weit hinter unserem Dorf fließt ein sauberer Bach, der genügend Wasser führen dürfte, um deinen Bedürfnissen gerecht zu werden."
"Schön", freute sich Beate, "in so einer Dreckkruste fühlt man sich echt ekelig!"
Sie hatten sich kaum in Bewegung gesetzt, wobei Gnubbel, beleidigt wegen der Mißachtung seiner Häuptlingswürde, grummelnd den Schluß der Karawane machte, als ein entfernter langer Schrei sie auch schon wieder stoppen ließ.
"Was war das?" fragte Gnessa, und auch alle anderen sahen sich beunruhigt an.
"Nach einem, öh, Tier hörte sich das jedenfalls nicht an!" stellte Gnumba fest, "es kam von dort hinten, aus Richtung des Waldrandes, ich glaube, wir sollten lieber mal nachschauen, vielleicht ist ein Gumb in Schwierigkeiten!"

"Du hast recht, Kind", pflichtete Grapp bei, "kommt, beeilen wir uns!"
Eilig hasteten sie dem verklungenen Schrei hinterher, allerdings nicht, ohne die nötigen Vorsichtsmaßnahmen einzuhalten, das heißt, die Umgebung im Auge zu behalten, um nicht zum Beispiel Reißzahnteufeln in die Fänge zu laufen. Je dichter sie dem vermuteten Ursprung des Schreies kamen, desto vorsichtiger wurden sie, und Beate, als Auffälligste, weil Größte, hielt sich etwas mehr zurück. Die drei Elfenmädchen flogen voran, da sie am ehesten möglichen Gefahren ausweichen konnten. Vor sich sahen sie bereits die helle Weite der Umbnugödnis durch die Kiefern schimmern, als sie plötzlich angerufen wurden: "Lila, Camilla, Renata, paßt auf!" erscholl aus einem Baum, ein Stückchen weiter vor ihnen, eine bekannte Stimme, "überall hier um uns rum hocken Riesenlibellen in den Bäumen, nehmt euch in acht, versteckt euch zwischen engstehenden Zweigen, damit sie euch nicht packen können!"
Doch nicht nur Bregard, dessen Zuruf sie gerade gewarnt hatte, waren die Elfen aufgefallen, sondern auch die Libellen hatten sie bemerkt, und mehrere von ihnen flogen auf sie zu. Die Mädchen jedoch befolgten Bregards Rat nicht, sondern jagten im Sturzflug hinab, in die schützende Reichweite Beates, die auch prompt zwei der heranschießenden Insekten zwischen ihren Händen erschlug, während die übrigen mit einem Hagel aus Steinen, den etliche der Gumben losließen, empfangen wurden. Dabei mußten zwei weitere Angreifer ihr Leben lassen, was endlich auch den Rest, auch die, die die männlichen Elfen in ihrem Baumversteck bewachten, zum Rückzug veranlaßte. Nun gab es erst einmal großes Hallo und höchstes Erstaunen auf Seiten der Elfenmänner, die drei Elfenmädchen hier vorzufinden, wo sie sie doch bei Corinna in deren Heimatstadt wähnten; dazu noch die Gumben, von denen sie ja bislang auch nichts gewußt hatten. Umgekehrt waren natürlich auch die Mädchen und Gumben interessiert, zu erfahren, was die sechs

Elfenmänner veranlaßt hatte, die Hochebene aufzusuchen. Es gab also etlichen Klärungsbedarf, jedoch beschlossen sie nach Austausch erster Informationen, auf Anraten Grapps, die weiteren Gespräche in das Gumbendorf zu verlegen, wo man sich besser schützen und zudem auch mit Speisen und Getränken stärken konnte. Dort saßen sie dann bis spät in die Nacht beisammen, dachten sich immer neue Pläne aus, um sie gleich wieder zu verwerfen. Am Ende waren sie kaum weiter als zuvor, keine der Ideen erwies sich bei genauerer Prüfung als praktikabel. Das einzige, was konkret umgesetzt wurde, war Beates Einfall, den sie ja schon zu Beginn ihrer Reise gehabt hatte, nämlich die mitgebrachten Rattenfallen mit Ködern zu versehen und überall rund um das Gumbendorf auszulegen. Dies hatte sie mit Hilfe der Gumben, die ihr zeigten, wo die Reißzahnteufel bevorzugt aufzutreten pflegten, noch vor Sonnenuntergang erledigt. Bis zum nächsten Morgen hatten die meisten der Elfen nur wenig Schlaf gefunden, besonders Welard, der sich in seiner Sorge um Wira aufzehrte, hatte die ganze Nacht kein Auge zugetan. Als Bregard in der Frühe aus der Gumbenhöhle trat, die man den Elfen zugewiesen hatte, fand er seinen Freund mit trübem Gesicht und geröteten Augen vor der Tür hockend. Er setzte sich zu Welard und legte ihm mitfühlend den Arm um die Schultern, zu sagen gab es nichts. So saßen sie schweigend da und verfolgten, wie der riesige, rote Feuerball der Sonne hinter den Bäumen emporstieg und ohne daß sie es so recht merkten, irgendwie neue Hoffnung in ihnen weckte. Allmählich erwachte das Dorf um sie herum zum Leben. Der Duft von frisch gebackenen Brötchen und Tee breitete sich zwischen den taufeuchten Gräsern aus und lockte zum Frühstück. Sogar Welard konnte nicht widerstehen und langte tüchtig zu. Noch während sie beim Frühstück saßen, kam Gezzo, ein halbwüchsiger Gumb, hereingeplatzt. "Sstellt euch vor", rief er in einer Lautstärke, daß sich die meisten Anwesenden die Ohren

zuhielten, "fasst alle Fallen ssind voll, in manchen ssind ssogar gleich mehrere, und ein paar leben noch!"
Gespannt und aufgeregt rannten die Gumben und Beate, gefolgt von den neun Elfen, zu den Fallen. Der Erfolg übertraf ihre kühnsten Erwartungen: In einigen der Fallen klemmten bis zu vier der Reißzahnteufel, die sich in ihrer Freßgier nahezu gleichzeitig auf die Fleischköder gestürzt haben mußten! Insgesamt waren der nächtlichen Aktion dreiundvierzig der gemeinen Biester zum Opfer gefallen. Sieben von ihnen klemmten noch lebend in den Fallen und mußten von Beate getötet werden, denn sie schnappten selbst schwerverletzt noch so wild um sich, daß sich die Mehrzahl der Gumben nicht in ihre Nähe traute.
"Am besten, wir waschen die Fallen ab und legen sie erneut aus", schlug Beate vor, "vielleicht kriegen wir auf die Weise ja noch mehr von ihnen."
"Das wird wohl das Richtige sein", sagte Grapp mit sorgenvoller Miene, "was mich erschreckt, ist, daß - so schön dieser Erfolg auch ist - es schon beim ersten Mal so viele sind. Das legt die Befürchtung nahe, daß wir ihre Zahl bisher bei weitem unterschätzt haben!"
"Ich schätze", ließ sich nun die bedächtige Stimme Gronds, des Dorfarztes, vernehmen, "wir müssen das Übel bei der Wurzel packen und ihren Vermehrungskreislauf unterbrechen. Ich habe sie mal etwas genauer untersucht: Es sind keine Säugetiere, sondern eher den Reptilien zuzuordnen. Das bedeutet, daß sie wohl Eier legen, denn lebende Junge zu gebären, ist bei Reptilien ziemlich selten. Wir müssen herausfinden, wo sie ihre Eier legen und sämtliche Gelege vernichten, soweit das möglich ist, sonst hilft es nicht viel und dauerhaft, immer mal ein paar erwachsene Tiere wegzufangen, wenn dann immer wieder welche schlüpfen und nachwachsen."
"Dann wird es aber höchste Zeit", fand Gnessa, "denn jetzt beschränkt sich ihre Ausbreitung noch auf ein recht begrenztes Gebiet hier oben, wenn sie sich erst einmal weiter verbreiten, kann es zu spät sein!"

"Aber wie sollen wir herausbekommen, wo ihre Legeplätze sind?" wollte Beate wissen, "wir können ja schlecht hinter ihnen herschleichen. Abgesehen davon werden sie vermutlich, wie die meisten anderen Reptilien, ihre Eier ablegen und sich dann nicht weiter darum kümmern, das heißt, sie würden uns wohl kaum dort hinführen."
"Das ist nicht gesagt", warf Grond ein, "viele Reptilien bewachen ihre Gelege und kümmern sich sehr wohl um ihren Nachwuchs!"
"Also ich wäre bereit, diese Gelege zu suchen", bot Lila an, "macht ihr auch mit?"
"Natürlich, Lil!"
"Und ich natürlich auch!" erklärten Camilla und Renata.
"Das ist gut", freute sich Lila, "schließlich können wir einigermaßen ungefährdet aus der Luft suchen, während ihr Gumben, oder auch Beate, am Boden immer ihren Attacken ausgeliefert wärt. Meinetwegen können wir auch schon gleich anfangen, wenn ihr", dabei sah sie Welard und Bregard an, "nicht der Meinung seid, daß wir euch bei der Befreiung Wiras helfen können, denn das hätte natürlich erstmal Vorrang!"
"Danke, Lila", erwiderte Welard, "aber es ist ja nicht die zu geringe Anzahl, die uns scheitern ließ, sondern die große Wachsamkeit seiner Helfer. Da spielt es keine Rolle, ob wir zu sechs oder zu neun Elfen dort antanzen."
"Und wenn ich mitkäme?" fragte Beate, allerdings mit etwas ängstlicher Stimme.
"Ach, ich denke, auch das wäre keine Lösung. Du könntest zwar mit Gottesanbeterinnen oder Libellen fertig werden, jedoch würde er dann einfach andere, größere seiner Sklaven schicken, wie die Pumas oder diese Riesenratten; nein, wir müssen uns erst einen durchführbaren Plan einfallen lassen, wie wir dort unbemerkt hinein- und auch wieder herauskommen."
Beate war sichtlich erleichtert, vorläufig nicht auch noch diese Aufgabe übernehmen zu müssen. Wenn sie ehrlich war, war ihr Bedarf an Abenteuern schon lange

gedeckt, das würde für die nächsten zehn Jahre reichen, und doch war vorerst kein Ende in Sicht.
"Vielleicht kann ich euch ja helfen!"
Welard drehte sich ruckartig um, und auch die Augen aller anderen Anwesenden richteten sich auf den Sprecher; es war Gezzo, der Junge, der sie vorhin auch alarmiert hatte, als er die Reißzahnteufel in den Fallen entdeckt hatte.
"Du?" fragte Welard erstaunt und ein wenig ungläubig, "wie glaubst du uns denn helfen zu können?"
"Na ja, ich hab manchmal", dabei sah er seinen Vater Grufflan verlegen und entschuldigend an, "in den Außsenbereichen der Sstadt herumgesstöbert, dabei habe ich eine ganzse Reihe von Gängen gefunden, die auch dem Zsauberer wohl nicht bekannt ssind, denn ssie ssind sschon ewig von niemandem, außser mir, benutzst worden, dass habe ich an den Sspuren gessehen, äh, vielmehr daran, daß ess keine gibt."
"Aha, da treibst du dich also immer herum!" sagte Grufflan mit drohender Stimme, "ich kann mich erinnern, daß ich dir das schon des öfteren verboten hatte!"
"Ja, ich weiß", erwiderte Gezzo kleinlaut, "aber ich will doch jetzst nur helfen, und wenn ich ess nicht gessagt hätte, hättest du ess mit Ssicherheit nie raussgekriegt!" setzte er noch mit ein wenig trotziger Stimme hinzu.
"Da können wir noch ein anderes Mal drüber reden, Gezzo", sagte sein Vater, "ich will dich ja auch nicht davon abhalten, den Elfen zu helfen, schließlich tun sie ja auch eine ganze Menge für uns!"
"Also, Gezzo, du meinst, du wüßtest eventuell einen Weg in die unterirdischen Bereiche, auf dem wir ungesehen hineinkommen können?"
"Ja, ich glaube sschon", bestätigte Gezzo, "aber da ssollten wir bessser im Dunkeln hingehen."
"Das wäre ja toll, wenn das wirklich klappen könnte", rief Welard mit neu erwachter Hoffnung, "dann führ uns bitte heut' abend dort hin, wenn deine Eltern es erlauben!"

"Meinetwegen", brummte Grufflan, "dann macht sich der Bursche endlich mal nützlich!"

"Solange bis wir dann aufbrechen, wollen wir euch auch gerne bei der Suche nach den Gelegen der kleinen Raubwesen helfen", versprach Welard, "und dann auch, wenn wir erfolgreich wiederkehren sollten."

Damit war die Sache abgemacht, und die Elfen begannen, immer in Zweier- oder Dreiergruppen, auszuschwärmen.

12

Bernhard war mit dem Auto unterwegs, er hatte gerade seine Schwester im Nachbarort besucht und auf dem Rückweg seine kleine Nichte Maria mitgenommen, die ein paar Tage Anna besuchen durfte. Kurz bevor sie Ostendorf erreichten, wand sich die Straße in engen Kurven durch den niedrigen Erlenwald. Bernhard war, wie meistens, ziemlich flott unterwegs, als urplötzlich ein Pferd von rechts durch die Büsche brach und über den flachen Graben auf die Straße sprang. Geistesgegenwärtig trat Bernhard auf die Bremse. Die Reifen quietschten auf dem Asphalt, der Wagen brach hinten aus, rutschte in den Seitenraum und blieb schließlich in leichter Schräglage unmittelbar neben dem Graben stehen. Das Pferd, geschockt durch das heranrasende Fahrzeug und das häßliche Quietschen, hatte sich aufgebäumt, umgedreht und in Panik mit den Hinterhufen ausgekeilt; dabei ging der linke Scheinwerfer von Bernhards Wagen zu Bruch, und eine deftige Beule zierte den Kotflügel auf der Fahrerseite. Bernhard saß eine geraume Weile schreckensstarr da, die Hände noch zitternd um das Lenkrad gekrampft und kalten Schweiß auf der Stirn. Maria, die unsanft von dem Sicherheitsgurt gebremst worden und trotzdem noch mit dem Kopf gegen den Vordersitz geprallt war, heulte wie ein Schloßhund; weniger, weil sie sich wehgetan hatte, als vielmehr wegen des Schreckens, der bei ihr besonders tief saß, weil sie im entscheidenden Augenblick nach unten auf ihr Buch gesehen hatte und die ganze Aktion sie völlig unvorbereitet traf. Endlich hatte sich Bernhard wieder in der Gewalt und drehte sich zu seiner Nichte um.
"Hast du dir wehgetan, Maria?"
"Mm, mm", machte Maria und schniefte.
"Na, ein Glück! Dann wollen wir uns mal um das Pferd kümmern, anscheinend ist ihm aber auch nichts Schlimmeres passiert, so weit ich das erkennen kann."
Er schnallte sich los und stieg aus.

"Warte, Onkel Berni, ich will auch mit!" rief Maria und machte ebenfalls ihren Gurt los.
"Wart noch einen Augenblick, mein Schatz, wir stehen hier ziemlich unglücklich, direkt hinter der Kurve, ich will lieber noch das Warndreieck da vorne aufstellen." Er nahm das besagte Teil und ging damit soweit zurück, daß eventuell kommende Fahrzeuge rechtzeitig gewarnt waren, dann lief er eilig zurück, um sich um das Pferd und Maria zu kümmern.
"Du kannst gleich raus, nur noch schnell sehen, ob das Pferd auch keine Gefahr für dich darstellt, denn wenn es noch immer in Panik ist, könnte es sonst nach dir treten." Langsam näherte er sich dem Tier, welches in seiner Angst einen großen Haufen Pferdeäpfel auf der Straße hinterlassen hatte und dem man ansah, daß es noch immer äußerst gestreßt war, denn das Weiße in den Augen war zu erkennen, dazu hatte es die Ohren angelegt und schwitzte und schäumte stark. Bernhard, der sich nicht so besonders gut mit Pferden auskannte, wußte nicht recht, wie er vorgehen sollte. Er pflückte eine große Handvoll Gras und ging dann beruhigend vor sich hinmurmelnd auf das bebende Tier zu.
"Ganz ruhig, ganz ruhig, ist ja alles gut, gleich geht .... he, bist du nicht Geronimo, Meikes Pferd?!"
Das Pferd stellte die Ohren auf, als Bernhard die Namen gesagt hatte, und hob den Kopf, dann kam es langsam auf ihn zu.
"Tatsächlich, du bist es, aber wie kommst du hier her? Zwar mit Zaumzeug, aber ohne Sattel und Reiter! Hoffentlich ist da Meike nicht etwas passiert!"
Er tätschelte Geronimo beruhigend den Hals, dabei bemerkte er eine offene, übel aussehende Bißwunde in der Nähe der Brust des Pferdes. Bei der folgenden, genaueren Untersuchung entdeckte Bernhard noch weitere Wunden an Bauch und Beinen und an einem Bein gar noch einen festgebissenen Reißzahnteufel.
"Iiieeh, was ist das denn!?" kreischte Maria, die eben hinzugetreten war, entsetzt und wich sofort wieder einige Schritte zurück.

"Das weiß ich auch nicht", gestand Bernhard und löste den unangenehmen Parasiten, der sich kaum wehrte, da er einfach zu vollgefressen war, vorsichtig aus dem Fleisch. "Du, Maria, bring mir mal die Aktentasche vom Vordersitz, da ist ein Glas drin, das brauche ich jetzt, damit ich dieses seltsame Tier hineinsperren kann!"
Maria beeilte sich, das verlangte Glas zu holen und reichte es schließlich ihrem Onkel geöffnet hin. Der ließ das träge Wesen, das nur müde und halbherzig nach ihm zu schnappen versuchte, hineinplumpsen und verschloß das Gefäß sorgfältig.
"So, das hätten wir", sagte er zufrieden und verstaute das Glas in der Tasche. "Hältst du bitte Geronimo, ich fahre gerade das Auto dort in den Feldweg und dann führen wir das Pferd zurück zum Hof, wo Meike wohnt, das ist ja nicht weit, den Wagen kann ich dann irgendwann nachher alleine abholen."
Als das Auto aus dem Weg war, führte Bernhard Geronimo, der sich unterdessen beruhigt hatte und sogar ohne Mißfallensbekundung Maria zu deren Freude auf sich reiten ließ, in das nahe Dorf und zu dem Hof von Meikes Eltern. Meike, die gerade ein junges Pferd auf dem Hof longierte, riß erschrocken die Augen auf, als sie Geronimo erkannte. Hastig band sie das Pferd, mit dem sie sich gerade beschäftigt hatte, an den Lattenzaun, der die angrenzende Weide umgab und rannte zu den Ankömmlingen hin.
"Oh Gott, was ist geschehen?!" rief sie, noch bevor sie die drei, wenn man Geronimo mitrechnete, erreicht hatte, "wo ist Beate, ist ihr etwas passiert?"
"Beate? War sie mit Geronimo unterwegs? Nein, von ihr haben wir nichts gesehen, Geronimo lief mir vorhin, da hinten im Erlenbruch, vor das Auto. Er ist von ganz merkwürdigen Wesen angegriffen worden, die nicht einmal ich kenne. Sieh mal hier Meike, und da, und da!"
"Das sieht ja schlimm aus! Was waren das denn für Biester?" rief Meike erregt aus, "wenn die nun auch Beate angegriffen haben! Wir müssen sofort nach ihr suchen! Das ist bestimmt da oben im Naturschutzgebiet

passiert, da wollte sie sich mit irgendwem treffen, wollte oder durfte mir aber nichts Näheres erzählen."
"Ach, du ahnst es nicht!" entsetzte sich Bernhard, "da kreucht und fleucht noch so einiges von Urkalans Kreaturen herum. Diese kleinen Biester, die dein Pferd verletzt haben, waren sicher auch eine Schöpfung von ihm. Du weißt also nicht, wo genau Beate vorgehabt hatte, hinzureiten?"
"Nein, sie erwähnte nur, daß sie ziemlich weit hinein müsse, weil sie sich dort verabredet habe. Soll ich schnell die Polizei rufen, damit sie nach Beate suchen?"
"Hm", Bernhard überlegte mit zweifelndem Blick, was Meike überhaupt nicht verstehen konnte. "Ich denke, das mache ich lieber selbst", entschied er endlich.
"Aber warum?" wunderte sich die Teenagerin, "die Polizei könnte doch vie mehr Leute einsetzten und so eher zum Erfolg kommen!"
"Ganz so einfach ist das nicht, Meike, es gibt da etliches zu bedenken, das du ohne Kenntnis der Lage wohl nicht verstehen wirst."
"Dann setz' mich doch in Kenntnis", erwiderte Meike aufmüpfig, "schließlich geht es hier um meine beste Freundin!" Sie sah, daß Bernhard mit seinen Gefühlen im Zwiespalt war, ob er ihr etwas verraten sollte oder nicht. Was gab es denn nur dort in dem Naturschutzgebiet, von dem scheinbar einige hier wußten, es aber partout nicht weitergeben wollten?!
"Wenn du mir nichts sagst, muß ich die Polizei rufen!" gab sie ihm noch mit, um seine Entscheidung zu beschleunigen.
"Ich glaube, ich bin geeigneter als die Polizisten, weil ich mich dort erheblich besser auskenne und mir schon so in etwa denken kann, wo ich suchen müßte, außerdem wohnen dort etliche Freunde von mir, die das Gebiet wesentlich effektiver, weil aus der Luft, absuchen können."
Meike schaute äußerst skeptisch drein und schüttelte leicht den Kopf: "Also, Herr Hesius, ich kann nicht gerade behaupten, daß das sehr überzeugend klingt; sie wollen dort Freunde wohnen haben? Und dann auch

noch mit Hubschraubern? Mitten in dem Naturschutzgebiet? Entschuldigung, aber ich muß ehrlich gestehen, daß ich ihnen das nicht abnehme, und ich sehe nicht ein, warum ich noch länger warten soll; jede Minute kann kostbar sein!"
"Warte noch, Meike!" bat Bernhard eindringlich und hielt das Mädchen, welches schon in Richtung Wohngebäude laufen wollte, am Arm zurück, "ich muß dir das erklären!"
"Da bin ich aber mal gespannt!"
"Erstens habe ich nicht von Hubschraubern gesprochen, und zweitens wohnen meine Freunde, die übrigens ebenfalls zumindest mit Beates Schwester Corinna befreundet sind, wirklich dort! Und zwar oben im Kartal, es sind über hundert, und sie kennen die Gegend wie ihre Westentasche, also ... ."
"Über hundert! Jetzt reicht es aber wirklich! Dort oben gibt es doch gar kein Dorf oder eine Stadt, höchstens ein paar Ruinen. Ich glaube", setzte sie respektlos hinzu, "sie haben wohl getrunken, oder so!"
"Nein, das habe ich nicht!" verteidigte sich Bernhard, "das Schlimme ist nur, daß, wenn ich dir alles erzähle, du mir womöglich noch weniger Glauben schenkst und mich für verrückt hältst!"
Meikes Gesichtsausdruck verriet, daß sie auch jetzt schon derartige Gedanken hegte. "Sie können es ja trotzdem mal versuchen!" ermunterte sie ihn.
"Können wir nicht mal bald weiter? Ich will zu Anna!" nörgelte Maria, die allmählich ungeduldig wurde.
"Ja, ja, gleich!" versprach Bernhard, "lauf solange mal zu der Weide, sieh doch nur, dort sind zwei kleine Fohlen!" Sofort war das Interesse des Kindes geweckt, und es lief hüpfend zu den niedlichen Tieren.
"Also", nahm Bernhard den Faden wieder auf, "meine Freunde sind ... , ach ich denke, es ist zwecklos, du wirst es sowieso nicht glauben! Aber egal, nun, es sind Elfen, jede so zirka fünfzehn bis dreiundzwanzig Zentimeter groß, sie haben Flügel und könnten das Gebiet relativ schnell durchkämmen ... ." Er brach ab, weil Meike halb amüsiert, halb wütend, mit rotem Kopf

abwinkte: "Elfen, na klar, Gebrüder Grimm lassen schön grüßen! Mir reicht es, verscheißern kann ich mich auch alleine, bloß ist mir dieses Thema zu ernst für so einen Quatsch!"
Erneut mußte Bernhard sie zurückhalten. "Bitte, Meike, wenn du mir nicht vertrauen willst, an der Glaubwürdigkeit meiner Frau, Martha, wirst du ja wohl nicht ernsthaft zweifeln, bitte laß es dir von ihr und meinetwegen auch noch von Anna bestätigen."
Meike zögerte einen Moment: "Na gut, es ist ja nicht weit zu euch, aber es muß jetzt wirklich schnell gehen! Ihr könnt schon vorgehen, ich muß schnell noch dem Stallmeister Bescheid geben, damit er sich um Geronimo kümmert."
"In Ordnung! Aber bitte, Meike, nicht jetzt heimlich die Polizei benachrichtigen, du könntest damit nicht wieder gutzumachenden Schaden anrichten!"
"Nein, keine Sorge, ich verspreche es!" Während Meike zum Stall lief, machte sich Bernhard mit Maria auf den Weg zu seinem nahegelegenen Haus, welches sich nur gerade um die nächste Straßenecke, etwa zweihundert Meter entfernt, befand. Als sie auf das Grundstück einbogen, sah Martha, die gerade den Weg vor der Tür von Unkraut befreite, ihnen fragend entgegen: "Hallo, was ist passiert, wo ist der Wagen? Hattest du eine Panne?"
"Hallo Martha, mein Schatz! Nein, nicht direkt eine Panne." Rasch klärte er Martha über die Vorfälle auf.
"Du hast recht daran getan, Meike davon abzuhalten, die Polizei einzuschalten, das hätte für unsere kleinen Freunde unangenehme Konsequenzen bedeuten können. Keine Sorge, ich werde Meike schon überzeugen, mach du dich lieber schon bereit, zu den Elfen zu laufen und dich um Beate zu kümmern, wenn sie sie finden. Und nimm die Reiseapotheke mit, man weiß ja nie, schließlich war ja auch das Pferd verletzt!"
Maria hatte sich unterdessen nach hinten zu Anna, die genau wie sie fünf Jahre alt war, in den Garten begeben und kletterte mit dieser auf einem der Bäume herum.

Jetzt kam auch Meike angelaufen, die nach der Begrüßung von Martha mit ins Haus genommen wurde. Dort klärte Martha das staunende Mädchen über die Elfen und in groben Umrissen über die Ereignisse der Vergangenheit auf, das heißt, wie sie die Elfen damals kennengelernt hatten und welche Abenteuer sie alle zusammen, nicht zuletzt auch mit Beates Schwester Corinna, gehabt hatten. Zum Schluß saß Meike schweigend mit offenem Mund da und konnte nicht glauben, was sie soeben gehört hatte. Nicht, daß sie an Marthas Worten zweifelte, es war einfach nur zu phantastisch, um es problemlos verarbeiten zu können.
"Es tut mir leid, Herr Hesius, daß ich ihnen nicht geglaubt habe", entschuldigte sie sich, als sie ihre fünf Sinne wieder beisammen hatte, "aber sie müssen verstehen ... ."
"Du brauchst dich nicht zu entschuldigen, Meike! Hättest du mir einfach so widerspruchslos geglaubt, hätte ich an deinem gesunden Menschenverstand zweifeln müssen. Aber nun will ich keine Zeit mehr vergeuden und mich auf den Weg machen."
"Ich käme ja gern mit", sagte Martha, "aber einer muß ja auf die Kinder aufpassen. Auf jeden Fall müssen wir die Elfen bald auch mal wieder gemeinsam besuchen!"
"Kann ich denn mitkommen? Ich möchte zu gern mal eine leibhaftige Elfe sehen!" bat Meike, "ich könnte dann auch zwei von unseren Pferden holen, dann sind wir schneller dort."
"Im Prinzip habe ich nichts dagegen einzuwenden", antwortete Bernhard überlegend, "allerdings bin ich kein großer Reiter, und die Verantwortung, die ich dann für dich habe, ist auch nicht zu unterschätzen, denn so ganz gefahrlos scheint die Unternehmung auch nicht zu sein, wenn ich an dieses kleine Untier denke, welches sich in deinem Pferd verbissen hatte! Außerdem, was willst du deinen Eltern sagen? Sie sollten möglichst nichts von den Elfen wissen! Nicht, daß ich ihnen mißtraue, aber die Gründe haben wir dir ja schon vorhin erklärt. Adererseits wäre es natürlich sinnvoll,

möglichst schnell dort zu sein und insofern optimal, die Strecke mit Pferden zurücklegen zu können. Dabei wäre ich sogar auf dich angewiesen, Meike, da ich mich nicht alleine mit einem Pferd solch eine Strecke zu reiten traue."

"Gut, dann ist es abgemacht", rief Meike, "für meine Eltern lasse ich mir schon etwas einfallen, wenn ich denen irgendetwas erzähle, fragen sie so oder so fast nie genauer nach. Ich bin gleich zurück, ich hol' nur eben die Pferde!" Gerade, als sie sich erhob, wurden sie von lautem Schreien Annas aufgeschreckt.

"Papa komm schnell", rief sie aufgeregt, als alle drei vor die Tür rannten, "Maria wird gestochen!"

Bernhard hastete, gefolgt von Martha und Meike zu dem Baum, in dessen unterster Astgabel Maria hockte und unglücklich und ängstlich auf ihre linke Hand starrte. Dort saß ein wahres Monstrum von Mücke, gut und gern acht Zentimeter lang, und saugte Blut aus den Adern ihres Handrückens. Das Tier erschien ihr so schrecklich, daß sie es nicht wagte, danach zu schlagen. "Bitte, Onkel Berni, mach es weg!" flüsterte sie kläglich. Mit einem beherzten Griff schnappte sich Annas Vater das Insekt und hielt es so, daß es ihn nicht stechen konnte. "Martha, hol mir bitte schnell etwas, wo ich die Mücke hineintun kann", bat er seine Frau, die sofort loseilte und kurz darauf mit einem Einmachglas wieder erschien. Bernhard steckte das Tier in das Glas und schloß den Deckel, den Martha vorsichtshalber noch mit einer Spannklammer, wie sie beim Einkochen verwendet wird, sicherte. Meike betrachtete verstört das mutierte Wesen, welches für sie ein erster Beweis der Erzählungen Marthas war, die auch von Urkalans Tierversuchen berichtet hatte. Martha kümmerte sich als nächstes um die weinende Maria, deren Hand in Windeseile zu schier unmöglicher Dicke angeschwollen war. Sie nahm die Kleine auf den Arm und trug sie ins Haus, wo sie Eis aus der Kühltruhe in eine Plastiktüte gab und diese auf die malträtierte Hand ihrer Nichte legte. "Ruf mal schnell Dr. Finken an, er soll Maria ein Antiallergikum geben!"

Bernhard tat wie geheißen, und schon fünf Minuten später war ihr Hausarzt zur Stelle und verarztete Maria. Als er gegangen war, fragte Meike: "Warum haben sie ihm nicht die Mücke gezeigt? Vielleicht hätte er dann etwas gegen solche Monster unternommen."
"Genau deshalb habe ich es ja unterlassen", erwiderte Bernhard, "überleg mal, was würde denn von behördlicher Seite veranlaßt? Man würde vermutlich Insektizide versprühen. Abgesehen von dem übrigen Schaden, den diese Gifte in dem Naturschutzgebiet anrichten können, was passierte in so einem Fall mit den Elfen? Sagen dürften wir nichts von ihnen, und das hieße, sie würden vermutlich ebenfalls geschädigt oder gar getötet!"
"Ach ja, daran hatte ich nicht gedacht, das wäre ja schrecklich!"
"Eben! Ich werde mich zu gegebener Zeit mit diesem Insekt beschäftigen und mir in Absprache mit den Elfen, für die ein Stich solch einer Mücke tödlich wäre, entsprechende Maßnahmen einfallen lassen. Auf jeden Fall ist es ein Grund mehr, sie so bald wie möglich aufzusuchen und sie, neben der Bitte, uns bei der Suche nach Beate zu helfen, vor dieser Gefahr zu warnen."
"Dann seht mal zu, daß ihr loskommt, ich kümmere mich schon um die Mädchen!" wandte sich Martha an Meike und Bernhard, "und paßt auf, daß ihr heile zurückkommt. Ach ja, und grüßt die Elfen von Anna und mir", fiel ihr noch ein, als sie Bernhard einen Abschiedskuß gab.
"Auf Wiedersehen, Frau Hesius!"
"Tschüß, Meike, und du brauchst uns wirklich nicht zu siezen, da kommt man sich ja richtig alt vor!"
Sie und die beiden Kinder winkten ihnen noch kurz nach, bis sie um die Straßenecke verschwunden waren.
Auf dem Gehöft angekommen, erklärte Meike ihren Eltern, sie werde einen Reitausflug machen, bei dem sie auch übernachten wolle. Ihre Eltern fragten tatsächlich nicht nach, selbst dann nicht, als Meike gleich zwei Pferde sattelte und das zweite Pferd neben sich

führend, vom Hof ritt. Bernhard war draußen geblieben, da sonst eventuell doch einige Fragen zu beantworten gewesen wären. Nun saß er etwas ungeschickt auf und ritt hinter Meike her aus dem Ort.

13

Lila, Camilla und Renata, die eine Dreiergruppe bildeten, hatten sich die Stelle zum Ausgangspunkt ihrer Suche erkoren, wo Renata tags zuvor das von den Reißzahnteufeln erbeutete Reh entdeckt hatte. Dort angekommen, immer auf der Hut vor den mörderischen Bestien, untersuchten sie akribisch die Umgebung der übriggebliebenen Skeletteile, um anhand der verbliebenen Spuren die Richtung zu ergründen, aus welcher die Plage gekommen sein mochte. Nach ausgiebiger Bewertung der Spuren, auch aus dem weiteren Umkreis der Freßstelle, kamen sie zu dem Schluß, daß die Masse der Räuber aus dem östlichen, dichtesten Teil des Waldes gekommen war. Langsam überflogen sie den Wald in entsprechender Richtung, doch schon bald wurden die Baumkronen so dicht, daß es ihnen unmöglich war, irgendetwas darunter zu erkennen.
"Sollen wir es riskieren, zwischen den Bäumen weiterzufliegen?" fragte Camilla, "so flögen wir glatt vorbei, selbst wenn hundert Stück von ihnen an einem Fleck säßen!"
"Ich bin dafür", erklärte Lila, "anders finden wir die Gelegestellen doch nie. Aber wir müssen wahnsinnig aufpassen, denn die hocken ja auch oft oben in den Bäumen und sind total gut getarnt. Die Zähne sind das einzige, was sie nicht verbergen können, da sie auch bei geschlossenen Mäulern hervorstehen; danach müssen wir Ausschau halten!"
Achtsam und vorsichtig ließen sich die drei durch den dichten Nadelteppich der Kiefernkronen sinken, zwischen denen hier auch schon einige Laubbäume standen. Im Gegensatz zu den Waldbereichen, wo die Gumben wohnten und auch dem, wo das Reh erbeutet worden war, stand in diesem Teil des Waldes auch Unterholz, welches im weiteren Verlauf ihres Fluges immer dichter wurde. Allmählich wuchs ihr Unbehagen, denn sie mußten sich immer mehr zwischen den Zweigen hindurchschlängeln und waren sich bald nicht mehr sicher, in diesem Ast- und Blättergewirr

möglicherweise lauernde Reißzahnteufel überhaupt noch entdecken zu können.

"Wollen wir nicht lieber zurückfliegen?" sagte Renata ängstlich, "ich hab immer das Gefühl, gleich werde sich eines der Biester aus den Blättern auf mich stürzen!"

"Geht mir genauso", bestätigte Camilla, "ich finde auch, wir sollten umkehren!"

"Gleich", stimmte Lila einschränkend zu, "nur noch bis da vorne, wo es heller zu werden scheint, seht ihr, da, hinter der dicken Eiche!" In der von Lila gezeigten Richtung war tatsächlich eine hellere Stelle durch das Blattwerk zu erkennen, die auf eine Lichtung schließen ließ. Camilla und Renata folgten, wenn auch etwas unwillig, Lilas Vorschlag, und so näherten sich die Mädchen behutsam ihrem anvisierten Ziel. Jetzt hatten sie sich so weit vorgearbeitet, daß sie durch den letzten Blättervorhang blicken konnten; was sie dort sahen, verschlug ihnen allen die Sprache: In der Mitte der Lichtung, die sich vor ihnen auftat, stand eine besonders stattliche Kiefer, die im unteren Teil einen Stammumfang von gewiß viereinhalb bis fünf Metern hatte und deren mächtige Krone sich an die vierzig Meter in die Lüfte reckte. Aber so bemerkenswert und großartig das auch war, wurde die Aufmerksamkeit der drei Elfen fast ausschließlich auf die mächtigen untersten Verzweigungen des Baumes gelenkt: Dort hing eine Art Nest, aus Ästen, Zweigen, Gras und Lehm grob zusammengefügt, welches einen Durchmesser von rund fünf und eine Länge von ca zehn, elf Metern hatte und so fast den Boden berührte. Rundherum und überall führten schräg von unten nach oben weisende Eingänge hinein. Auf der gesamten Lichtung und besonders am, um und auf dem Nest herrschte ein derartiges Treiben, daß das Bauwerk fast unter den Massen von krabbelnden, kriechenden und hüpfenden Wesen verdeckt wurde: Sie hatten das Zentrum der Reißzahnteufelpopulation erreicht! Lange Zeit wagten die Mädchen kaum zu atmen und konnten ihre Blicke nicht von dem überwältigenden Schauspiel abwenden. Sollte sich hier ein Lebewesen, egal welcher Gattung es auch immer angehören mochte, arglos nähern, es wäre verloren! Lila versuchte kurz, einen Teil der Tiere zu zählen, gab es aber sofort wieder auf: Zu hektisch war das Gewimmel dort unten. Nachdem sie dem wilden Treiben eine Zeitlang zugeschaut hatten, stellten sie fest, daß die Reißzahnteufel nicht nur artfremde Wesen angriffen, nein, sie attackierten sich sogar gegenseitig, und wenn ein schwächeres Tier nicht sofort nachgab, was ziemlich häufig passierte, wurde es von dem oder den stärkeren zerrissen und gefressen! Daß es trotzdem so unglaublich viele waren, Lila schätzte die Zahl einfach mal so auf fünfzig- bis hunderttausend, ließ darauf schließen, daß sie sich wahnsinnig schnell vermehren mußten.

"Oh Gott!" wisperte Camilla fast unhörbar, "dagegen kann auch Beate absolut nichts machen!"

Renata nickte beklommen: "Völlig hoffnungslos!"

"Kommt, wir hau'n lieber ab, ehe wir noch entdeckt werden!" preßte Lila hervor. Lautlos zogen sich die Mädchen zurück, bis sie sich einigermaßen sicher fühlten, dann starteten sie und flogen sofort nach oben über die Bäume, um auf keinen Fall jetzt noch ein Risiko einzugehen.

"Wir haben sie! Wir haben sie gefunden!" schrie Lila, noch bevor sie inmitten des Gumbendorfes landeten. Sogleich kamen die Gumben zusammengelaufen, und auch Beate fand sich ein, während die anderen Elfen von ihren Exkursionen noch nicht zurück waren. Erwartungsvoll und fragend sah die versammelte Menge auf die Elfen. "Nun spannt uns nicht so auf die Folter!" rief Grumbor, Gnumbas Onkel, ungeduldig, "wo sind sie und wie viele sind es? Kann Beate sie noch heute beseitigen?"

Als Lila nun ihre Beobachtungen hervorsprudelte, wurden die erwartungsfrohen Gesichter um sie herum immer länger und ängstlicher.

"Hunderttausend?" wiederholte Beate tonlos, "was soll ich dagegen denn machen?!"

"Das kann doch einfach nicht wahr sein! Bist du denn sicher, daß es wirklich so viele sind?!" stieß Gnubbel, vor Angst am ganzen Körper schwitzend, hervor.
"Doch, doch!" bestätigte Camilla, "vielleicht waren es sogar noch mehr, man konnte es bei dem Getümmel bloß schlecht abschätzen!"
"Und wie weit, sagst du, war das von hier?" wollte Gnessa wissen.
"Wir sind ungefähr eineinhalb Stunden hin, weil wir da ziemlich langsam unterwegs waren, und etwa eine dreiviertel zurück, unterwegs gewesen."
"Meine Güte, das ist ja gar nicht einmal so, öh, weit!" stellte Gnumba fest, "vielleicht sollten wir doch lieber weg von hier!"
"Vor allem, wenn ihr sagt, daß sie sich sogar gegenseitig fressen und sie trotzdem eine solch riesige Menge sind", faßte Grapp seine Befürchtung in Worte, "wie viele werden es dann erst in zwei, drei Wochen, oder gar in ein paar Monaten sein?"
Völlig deprimiert und ratlos standen sie beisammen, und die beklemmende Angst bedrückte ihre Herzen. In der verzweifelten Stille war nur ab und an das überhaupt nicht zu ihrer Stimmung passende Lachen und Kreischen mehrerer kleiner, spielender Gumbenkinder zu hören, die nicht verstanden, um was es hier ging.
Wenig später kamen auch die drei anderen Elfengruppen zurück, die nichts weiter gefunden hatten und sich entsetzt anhören mußten, welche Entdeckung ihre weiblichen Artgenossen gemacht hatten. Welard hätte am liebsten losgeheult, wäre ihm dies vor den Gumben und Beate nicht zu peinlich gewesen, hegte er doch die Befürchtung, daß man Gezzo nun nicht mehr fortließe, um ihnen am Abend seine Geheimwege zu zeigen.
"Wir können nur von Glück sagen, daß die Reißzahnteufel, im Gegensatz zum Beispiel zu den Libellen, offensichtlich nicht von Urkalan gesteuert werden, auch wenn sie wahrscheinlich ursprünglich eines seiner Machwerke darstellen, denn sonst wäre es mit Sicherheit schon längst um uns geschehen", stellte Grumbor fest.

"Ich denke", ließ sich nun Grapp vernehmen, "wir müssen nicht überhastet fliehen, sondern können uns genügend Zeit nehmen, alles vorzubereiten, denn ihre Angriffe waren, zumindest bisher, eher zufällig und ungeplant. Dennoch werden wir, also unsere Familie, ab sofort abwechselnd den ganzen Tag lang mit unseren Falken patrouillieren, um einen Überraschungsangriff ausschließen zu können. Des Nachts müßten sich dann aber auch andere beteiligen und Wache schieben."

"Ganz vielleicht habe ich doch eine Idee, wie wir die Reißzahnteufel besiegen könnten", sagte Beate geistesabwesend, "aber ich muß erst noch mal darüber nachdenken, und mir auch die Gegend genauer ansehen."

Sofort erhellten sich die Mienen einiger Gumben, und auch Welards verlorene Hoffnung kehrte teilweise zurück. "Nun erzähl es uns doch!" drängte er, "was ist dir eingefallen? Was können wir gegen solche Massen von Raubtieren machen?"

"Bitte", wehrte Beate ab, "ich sagte doch, ich weiß nicht, ob der Weg, den ich mir ausmale, überhaupt gangbar ist! Erst wenn ich etwas sicherer bin, lohnt es sich, darüber zu reden. Dazu muß ich aber erst noch eine ganze Menge in Erfahrung bringen!"

"Schon gut, tut mir leid, ich wollte dich nicht bedrängen!" entschuldigte sich Welard, um sich anschließend an Grufflan zu wenden: "Sagt, besteht denn weiterhin die Möglichkeit, daß Gezzo uns den Weg in Urkalans Reich zeigt? Ich fürchte um das Leben meiner Freundin Wira, bitte erlaubt es ihm trotz der gegenwärtigen kritischen Situation!"

"Also, ich sehe nicht ein, warum es auf einmal nicht mehr gehen sollte", meinte Gezzos Vater, "wenn wir dann doch plötzlich losmüssen, wäre Gezzo aus dem Weg und wir hätten einen Klotz weniger am Bein. Aber das soll er doch am besten selbst entscheiden!"

"Klotzs am Bein! Danke! Da fühlt man ssich ja richtig großsartig!" gab Gezzo mit wütender Miene zurück, dann, zu Welard gewandt: "Natürlich sstehe ich zsu meinem Angebot, wir können auch sschon bald loßs, die Abenddämmerung kommt in Kürzse, und biss wir bei der Sstadt ssind, dauert ess ja auch sso sseine Zseit."

"Derweil werde ich mir die Gegebenheiten hier näher ansehen", erklärte Beate, "vielleicht kann ich dann noch heute abend sagen, ob mein Plan durchführbar ist oder nicht."

Während sich Beate nun mit den drei Elfenmädchen und Gnumba aufmachte, ihre Umgebung, besonders in Richtung des Nestes, zu inspizieren, verließen die männlichen Elfen unter Führung Gezzos das Gumbendorf in Richtung der Ruinenstadt.

14

Meike konnte Bernhard im tiefsten Inneren nur recht geben: Er war wahrlich kein guter Reiter! Er saß dort so ungelenk im Sattel, daß sie sich schnell abwenden mußte, so sehr reizte seine Haltung zum Lachen. Später allerdings, nachdem Bernhard gleich zweimal unfreiwillig 'abgestiegen' war, sah sie sich doch genötigt, ihn erst einmal in die Grundtechniken des Reitens einzuweisen, auch wenn es zu einer Zeitverzögerung führte. Auf Dauer gesehen war es so immer noch besser, als wenn Bernhard sich irgendwann, bei einem neuerlichen Sturz, Verletzungen zuzöge. Zu ihrer großen Erleichterung setzte Bernhard ihre Ratschläge und Anweisungen ohne größere Probleme um, so daß sie in der Folge sogar einige ebenere Strecken im Galopp zurücklegen konnten. Meike ritt weiter voran, um Bernhard das Lenken des Pferdes zu ersparen, welches so einfach hinter ihrem herlief, während Bernhard ihr von hinten zurief, wo sie entlangreiten mußte.
"Wir sind auf dem richtigen Weg!" stellte Meike fest und deutete auf den weichen Wiesengrund vor sich, "hier sind Geronimos Hufspuren vom Hinweg!"
Die Sonne stand noch hoch am Himmel, als die beiden in das Kartal einbogen. Beate konnte sich gar nicht an den Schönheiten der Natur sattsehen, die hier allenthalben das Auge erfreuten: Der klare, muntere Bach, die stillen, seerosenbedeckten Teiche, von blauer Iris gesäumt, die weiten, mit leuchtenden Sumpfdotterblumen bestandenen Wiesen, dazwischen Erlenwälder und knorrige Weiden.
"Das ist ja echt 'n Ding", rief sie Bernhard zu, der mittlerweile neben ihr ritt, "da lebt man jahrelang in direkter Nachbarschaft einer solchen Landschaft und hat sie dennoch nie gesehen! Wäre das mit Beate nicht passiert, hätte ich das hier vielleicht nie kennengelernt!"
"Mir ist es ähnlich gegangen", stimmte Bernhard zu, "ich hatte zwar mit der Erforschung des Knochensumpfes schon vor Jahren begonnen, aber diese schöne

Ecke hier oben habe ich auch erst letztes Jahr durch die Elfen kennengelernt. Wir werden übrigens gleich ihr Dorf erreicht haben, wenn wir weiter geradeaus reiten und nicht Geronimos Spuren folgen, die hier nach Norden abbiegen."
"Sollen wir nicht lieber den Spuren nachreiten? Wir wollen doch Beate finden und nicht die Elfen besuchen."
"Das ist richtig", sagte Bernhard, "aber Geronimo ist ja schließlich ohne Beate zurückgekehrt, also sind sie irgendwo getrennt worden, und mit Hilfe der Elfen sind unsere Chancen, sie zu finden, ungleich höher."
Das sah Meike ein, zudem war sie ja auch gespannt und neugierig darauf, die Elfen kennenzulernen, so daß sie nicht widersprach. Einige wenige Minuten später kam der Biberteich, an dessen Ufer die Elfen ihr Dorf erbaut hatten, in Sicht. Jetzt erblickte Meike die ersten Elfen ihres Lebens; hätte sie es nicht gewußt, sie hätte die entfernten, schwirrenden Wesen für große Libellen gehalten. Aber schon Sekunden später hatten sich die ersten Elfen, die die beiden Reiter natürlich schon viel eher gesehen hatten, als umgekehrt, soweit genähert, daß Meike sie als das erkennen konnte, was sie waren. Sie war total begeistert; diese kleinen, menschenähnlichen Wesen waren so hübsch und anmutig anzuschauen und bewegten sich derart grazil und gewandt, daß sie selbst sich regelrecht plump vorkam.
"Bernhard! Welch eine Überraschung, dich hier zu sehen, und wer ist diese hübsche junge Frau an deiner Seite, mit welchem Namen dürfen wir sie begrüßen?!" eröffnete Histran, was Meike geschmeichelt erröten ließ.
"Hallo Freunde, schön, euch wiederzusehen! Das hier ist Meike, eine Freundin von Corinnas Schwester Beate." Rasch stellte er auch noch für Meike die Elfen vor, die sich um sie herum eingefunden hatten, um dann auch gleich sein Anliegen vorzubringen: "Beate, also Corinnas Schwester, ist aus einem uns noch nicht bekannten Grund, außer, daß wir wissen, daß sie jemanden treffen wollte, hier heraufgeritten. Später kam dann ihr Pferd, welches sie sich von Meike hier

geliehen hatte, allein und verletzt zurück. Ich fand noch ein in sein Fleisch verbissenes Wesen, welches sicherlich noch aus Urkalans Versuchen damals stammt, an einem seiner Beine, aber von Beate keine Spur. Nun sind wir hier, um sie zu suchen. Es kann gut sein, daß sie irgendwo verletzt und hilflos liegt. Deshalb wollte ich euch bitten, ob ihr uns vielleicht bei der Suche behilflich sein könntet?"
"Na, das ist doch wohl völlig klar!" rief Killy aus, während die anderen zustimmend nickten, "so oft, wie du uns schon geholfen hast, wäre es ja eine Schande, dich nun im Stich zu lassen!"
"Übrigens, wo du erwähntest, daß Urkalans ehemalige Kreaturen in die Geschichte verwickelt sind", warf Sara ein, "hier bei unserem Dorf hat es auch einen Zwischenfall gegeben." Rasch berichtete sie von dem Überfall der Gelbrandkäfer auf Wira und deren anschließende Entführung.
"Ich kann es nicht glauben, daß Urkalan dahinter steckt", sinnierte Bernhard, "ich sah ihn ja selbst in das glutflüssige Magma stürzen und, egal welche magischen Fähigkeiten er auch immer gehabt haben mag, er war doch trotzdem nur ein Mensch und hat dort demzufolge mit hundertprozentiger Sicherheit den Tod gefunden."
"Aber wie willst du denn dann diese Ereignisse erklären?" verlangte Meanmar mit seiner typisch quäkigen Stimme zu wissen.
"Das weiß ich auch noch nicht", mußte Bernhard ratlos konstatieren, "aber, sobald Beates Schicksal geklärt ist, werde ich mich darum kümmern und auch die Raubkäfer aus dem Teich entfernen."
"Ich werde dabei auch mithelfen, so gut ich kann!" erklärte Meike hilfsbereit.
"Ehe wir das jetzt weiterdiskutieren, sollten wir uns erstmal deiner Freundin widmen und anfangen, sie zu suchen!" mahnte Killy.
"Du hast recht", stimmte Histran zu, "ich denke, wir sollten die Suchaktion vorläufig auf dieses Tal beschränken, da Beate ja mit einem Pferd unterwegs

war, und allzuviel weiter, als bis hier hätte sie damit ja kaum kommen können. Wir werden eine Reihe von Zweiergruppen bilden und das Tal abschnittweise absuchen." Er teilte insgesamt fünfzehn Gruppen ein, die sich nach Zuweisung der jeweiligen Suchgebiete und Bernhards Angaben, bis wohin sie Geronimos Spuren gefolgt waren, auch sofort auf den Weg machten. Bernhard und Meike ritten anschließend zu der Position zurück, wo sie die Spur verlassen hatten, um ihr nun erneut zu folgen. Eine halbe Stunde später hatten sie, begleitet von Killy und Histran, die Stelle erreicht, wo der Angriff der Reißzahnteufel stattgefunden hatte. Als sie erkannten, daß von hier, wo der Boden von den Hufen Geronimos wild zerstampft war, dessen Spuren in ganz anderer Richtung fortführten, sprangen Meike und Bernhard von ihren Pferden und untersuchten den Platz näher.

"Seht, hier liegen noch einige der Tiere, von denen ich eines an Geronimos Bein fand!" rief Bernhard aufgeregt.

"Oh Gott, was sind das denn für grausige Kreaturen!" entsetzte sich Killy, "solche haben wir hier noch nie gesehen!"

"Auf jeden Fall scheint sich deine Freundin erfolgreich zur Wehr gesetzt zu haben", urteilte Histran, "die meisten sind offensichtlich mit einem Messer oder etwas ähnlichem getötet worden."

"Hier sind auch die Fußspuren eines Menschen", deutete Killy auf einen sandigen Abschnitt vor ihnen, "sie führen zu der Buschgruppe dort."

Meike, die als erste dieser Spur folgte und das Gebüsch näher in Augenschein nahm, fand dort den von Beate versteckten Sattel. "Beate scheint zumindest nicht schwer verletzt zu sein", wandte sie sich erleichtert an die anderen, "sonst hätte sie sich nicht die Mühe gemacht, den Sattel derart gut zu verbergen. Außerdem sind die Satteltaschen leer, das heißt, sie hat den Inhalt mitgenommen, also wollte sie wohl noch weiter."

"Dann muß ihr Anliegen aber schon wirklich dringend gewesen sein", meinte Killy, "daß sie sich nicht einmal

von dem Angriff dieser Tiere hat davon abbringen lassen!"
"Wie wahr", bestätigte Bernhard, "zumal sie auch nicht ungeschoren davongekommen zu sein scheint." Er deutete auf mehrere Stücke weißer Folie. "Sie hat sich Pflaster auf ihre Verletzungen geklebt."
"Guckt mal hier", zeigte Killy auf die Eindrücke winziger Füße, "hier muß schon eine oder mehrere Elfen vor uns die Stelle untersucht haben."
"Hm", machte Histran, "mir scheint, die Spuren sind schon ebenso alt wie die Beates, also könnten sie bereits kurz nach ihr oder gar gleichzeitig hier gewesen sein."
"Milla und Lila!" entfuhr es Killy, "sie wollten doch zu Corinna, vielleicht waren sie ja mit ihrer Schwester Beate unterwegs. Ach ja, und Renata war ja wohl auch noch mit dabei."
"Weißt du, ob eine von ihnen irgendwie besondere Füße hat?" wollte Histran wissen, der gerade die Fußspuren näher inspizierte.
"Nein, Camilla und Lila auf keinen Fall, und Renata, soweit ich weiß, auch nicht", antwortete Killy, "warum fragst du?"
"Sieh dir doch mal diese Spuren hier an, die sind doch für eine Elfe nicht gerade normal", erläuterte Histran, "sie sind vorn, im Zehenbereich zu breit, außerdem sind sie etwas tiefer eingedrückt, als es beim Gewicht einer Elfe üblich ist."
"Das ist ja merkwürdig", wunderte sich nun auch Killy, "aber es muß wohl eine Elfe gewesen sein, schließlich gibt es keine anderen ähnlichen Lebewesen. Vielleicht sind die Spuren tiefer, weil sie etwas getragen hat."
"Das wäre eine Möglichkeit", sagte Histran und schüttelte leicht den Kopf, "wir werden es hier nicht klären können, folgen wir den Menschenspuren, soweit es geht!"
Anfangs gelang es ihnen noch weitgehend mühelos, Beates Spuren zu folgen, jedoch, je dichter sie den das Tal einfassenden Felswänden kamen, desto schwieriger wurde es, da der Untergrund immer steiniger wurde

und demzufolge Fußabdrücke immer seltener zu sehen waren. Bald allerdings gab es kaum noch einen Zweifel, wohin Beate mit ihren mutmaßlichen Begleiterinnen unterwegs war, denn die Fährte lief schnurstracks auf die Schlucht zu, die hinauf zur Hochebene und Ruinenstadt führte.

"Was kann die Kinder nur dazu geführt haben, heimlich, ohne uns zu informieren, mit Connys Schwester die Ruinenstadt aufzusuchen?" wunderte sich Killy beunruhigt.

"Vielleicht wollte Beate ja auch mal die Stellen kennenlernen, an denen ihre Schwester die Abenteuer erlebt hat", vermutete Bernhard.

"Nee, das war ganz bestimmt nicht der einzige Grund!" widersprach Meike, "ich kenne Beate schon von klein auf und bin sicher, daß, wenn es nur darum gegangen wäre, die Schauplätze vergangener Abenteuer zu besichtigen, sie spätestens da umgekehrt wäre, wo sie von Geronimo getrennt und angegriffen wurde. Sie ist nämlich von Natur nicht gerade ein Ausbund an Mut und Tapferkeit, und ich kenne sie auch nicht als unnötig risikofreudig."

"Tja, dann muß wohl doch noch einiges mehr dahinter stecken, das wir nicht verstehen!" stellte Histran fest, "bevor wir jetzt aber dort hinauffliegen, beziehungsweise steigen, müssen wir die anderen informieren, damit sie nicht unnötig weitersuchen, und damit uns einige von ihnen begleiten können."

"Ja, und außerdem müßt ihr eure Pferde zurücklassen", stellte Killy klar, "die sind dann in der Nähe des Biberteiches am besten aufgehoben, wo die dort Bleibenden ein Auge auf sie haben können."

"Wir machen sie so fest, daß sie weiträumig grasen, aber nicht weglaufen können", sagte Meike, "wenn etwas passieren ... ."

"Wenn etwas passieren sollte, können die Zurückbleibenden einfach die Stricke durchschneiden, dann sind die Pferde selbst in der Lage, angreifenden Tieren zu entkommen."

"Gut, wenn das soweit geklärt ist, bin ich der Meinung, wir sollten die Nacht hier bei uns verbringen", schlug Histran vor, "denn die Dämmerung ist nah, und im Dunkeln die Felswände hochzuklettern, dürfte für euch wohl kaum empfehlenswert sein!"

"Das ist richtig", stimmte Bernhard zu, "außerdem sind wir dann morgen wesentlich ausgeruhter und somit einsatzfähiger; besonders in kritischen Situationen, wo es auf schnelle Reaktion ankommt."

Dem hatte auch Meike nichts hinzuzufügen, also ritten sie gemächlich zum Elfendorf zurück, um die Ruhephase bis zum Morgengrauen möglichst gut zu nutzen.

15

Ungeduldig folgten Welard und die fünf anderen Elfenmänner Gezzo zu den Ruinen. Welard konnte es nicht erwarten, endlich dort zu sein, obwohl er wußte, daß sie sich vor Einbruch der Dunkelheit gar nicht nah genug heranwagen konnten, um die Eingänge zu den von Gezzo erwähnten Wegen zu erreichen. Als sie endlich in Sichtweite der verfallenen Stadt waren, mußte Welard anerkennend zugeben, daß Gezzos Zeiteinteilung nahezu perfekt gewesen war, denn gerade jetzt war die Dämmerung so weit fortgeschritten, daß sie es wagen konnten, ihren Weg mit einem Minimum an Risiko fortzusetzen. Bereits ehe sie die ersten Ruinen erreicht hatten, hielt Gezzo an: "Hier isst einer der Eingänge", flüsterte er kaum hörbar, "folgt mir!"
Er kletterte, gefolgt von den Elfen, in einen schmalen Felsspalt im Boden, der mit ziemlicher Sicherheit natürlichen Ursprungs war. Es ging um mehrere Ecken in eine stockfinstere Höhle, in welcher allen Gräuschen ein eigenarigen Hall folgte. Erst hier zündete Gezzo die mitgebrachte Gumbenlampe an und hieß die Elfen - sie waren von den Gumben ebenfalls mit Öllampen ausgestattet worden - gleiches zu tun. Jetzt konnten sie erkennen, daß sie sich in einem künstlichen Rohr aus gebranntem, glasiertem Ton befanden, welches einen Durchmesser von ungefähr dreißig Zentimetern hatte und ehedem vermutlich der Wasserversorgung gedient haben mochte.
"Wir müssen hier drinnen ssehr leisse ssein", wisperte Gezzo, "diesse Rohre führen nahezu überall hin in diesser Sstadt und tragen den Sschall ssehr weit!"
Der folgende Weg erschien ihnen endlos, besonders, weil die Rohrleitungen dem Auge keinerlei Abwechslung boten. Welard war schon drauf und dran, zu fragen, ob denn das Rohr überhaupt zu der Stadt führte, dann aber hielt er sich vor Augen, daß sie diese Leitung ja schon weit vor der Stadt betreten hatten. Also zügelte er seine Ungeduld und folgte dem Gumbenjüngling schweigend weiter durch die nur selten von tropfendem

Wasser durchbrochene Stille. Wenig später registrierte Welard, daß sich die Leitung immer häufiger verzweigte; daraus schloß er zu Recht, wie eine Anfrage bei Gezzo ergab, daß sie sich nun endlich unter dem eigentlichen Stadtgebiet befanden. Zuweilen hatte Welard den Eindruck, als verließe Gezzo ab und an einen Leitungsstrang, um auf Umwegen denselben später wieder zu betreten. Als er Gezzo darauf ansprach, bestätigte dieser seine Beobachtung: "Dass Hauptrohr isst an einigen Sstellen beschädigt und eingebrochen, da kann man nicht hindurch!"
"Wir sind jetzt schon so oft hin und her abgebogen", stellte Bregard fest, "findest du durch dies Labyrinth denn überhaupt zurück?"
"Na klar doch!" gab Gezzo selbstsicher zurück, "ersstenss bin ich sschon exstrem oft hier unten gewesen und außerdem habe ich fasst überall Markierungen angebracht."
Sie waren erst wenige Meter weitergekommen, als die Leitung anfing zu beben und zu vibrieren. Diese Erscheinung dauerte zwar nur wenige Sekunden, reichte aber, um die Elfen in Angst zu versetzen.
"Was um Himmels Willen war das?!" fragte Bregard mit blassem Gesicht.
"Ich ... ", begann Gezzo, wurde jedoch von einem ohrenbetäubenden, durch Mark und Bein gehenden Donnern unterbrochen, welches die Elfen an den Rand der Panik brachte.
"... denke, ess isst nur ein Gewitter", beendete Gezzo gleichmütig seinen begonnenen Satz, "alless halb sso wild!"
Die Elfen entspannten sich und setzten den Weg erleichtert fort. Trotzdem zuckten sie noch jedesmal erschreckt zusammen, wenn ein neuerlicher Donner die Erde erbeben ließ.
"Ess sscheint ein ssehr sschweress Gewitter zsu geben", bemerkte Gezzo, "gut, daß wir jetzt nicht mehr draußsen ssind!"
Dem stimmten die Elfen einhellig zu, doch sollte sich ihre Freude nur als von kurzer Dauer herausstellen. Sie

hatten gerade einmal zwei weitere Kreuzungspunkte passiert, als ein neues Geräusch ihre Ohren erfüllte. Erst war es ein leises Zischen, dann ein Rauschen und Glucksen, welches sich in Sekunden zu tobendem Brausen steigerte.
"Oh nein!" schrie Gezzo, "der Regen hat die Eingänge überschwemmt, dass Wassser kommt durch die Rohre!"
"Verflucht!" rief Welard, "wo sollen wir denn jetzt hin?!"
"Rennt!" kreischte Gezzo, "etwa zwanzig Meter weiter isst ein Entlüftungsschacht, wir müsssen ess schaffen!"
Die sieben vom Wasser bedrohten hasteten los, aber es war bereits zu spät; als sich der am Schluß laufende Dungan umdrehte, sah er schon die Wassermassen auf sich zustürzen. "Achtung, es kommt!" schrie er.
"Haltet euch aneinander fest", befahl Welard, "zusammen schaffen wir es viel..." Seine letzten Worte wurden von den Fluten ertränkt. Samt und sonders wurden sie von den Beinen gerissen und mit ungeheurer Geschwindigkeit durch das Rohr gespült. Nicht alle hatten es geschafft, sich an den Händen zu fassen, und die, denen dafür noch genug Zeit geblieben war, mußten fast sofort feststellen, daß es unmöglich war, sich länger als eine, oder zwei Sekunden lang festzuhalten, denn das strudelnde Wasser wirbelte sie derart durcheinander, daß es ihnen die Arme aus den Gelenken drehte, hielten sie sich weiter an den Händen. Welard war der Resignation nahe, selbst wenn er rechtzeitig zu dem von Gezzo erwähnten Schacht käme, hätte er bei der Geschwindigkeit, mit der ihn das Wasser durch das Rohr trieb, keine Chance, dort hineinzugelangen. 'Es tut mir leid, Wira!' dachte er bei sich, 'nun ist alles zu spät!' Doch im selben Augenblick fühlte er sich in den freien Raum hinausgeschleudert, überschlug sich und klatschte erneut ins Wasser. Ehe er sich orientieren konnte, erhielt er einen mächtigen Schlag auf den Kopf, der ihm fast die Besinnung raubte.
"Tschuldigung Welard!" hörte er Bregards Stimme neben sich; der war ihm also auf den Kopf gefallen.
"Hallo?! Sseid ihr alle in Ordnung?"

"Ja!" "Ja!" "Ja!" erklangen nacheinander die Stimmen aller sechs Elfen. Welard atmete erleichtert auf, es wäre schrecklich, wenn einer, der nur zu seiner Hilfe mitgekommen war, zu Schaden käme! Mit viel Mühe und noch mehr Geschick gelang es dem wassertretenden Gezzo, seine Lampe erneut zu entzünden. Sie befanden sich in einem riesenhaften Raum, dessen Decke von unzähligen Säulen gestützt wurde. Der Boden war komplett mit Wasser bedeckt, wie tief es war, ließ sich nicht erkennen. Auf halber Wandhöhe gab es einen umlaufenden Gang mit etlichen in gleichmäßigen Abständen angebrachten Leitern. Neben der nächstgelegenen befand sich ein Pegel, der ihnen verriet, daß sie sich in einer der Zisternen der alten Stadt befanden. Mehrere Meter über ihnen mündete das Rohr, durch das sie gekommen waren, in die Halle und ergoß einen mächtigen Wasserstrahl in das Becken. Es schien noch mehrere solcher Rohre zu geben; sehen konnten sie sie zwar wegen des für einen derart großen Raum viel zu schwachen Lichtes nicht, aber das Plätschern und Rauschen war nicht zu überhören. Gemeinsam schwammen sie zu der nahen Leiter und erklommen mühevoll die eine Außenstange. Die Sprossen waren, weil für Menschen gedacht, für sie natürlich viel zu weit auseinander. Normalerweise wären die Elfen einfach hinaufgeflogen, aber jetzt wurden sie durch ihre nassen Flügel daran gehindert.
"Meine Güte", japste Gezzo, als sie oben waren, "ich war ja sschon oft hier unten, auch bei Regen, aber sso was hab' ich noch nie erlebt. Da müsssen ja gigantische Regenfluten heruntergekommen ssein! Hoffentlich ssind nicht all unssere Wohnhöhlen abgessoffen!"
"Meint ihr, daß Urkalan dies Gewitter produziert hat, um uns oder die Gumben zu vernichten?" fragte Bregard, während er seine Flügel trocknete.
"Kann ich mir kaum vorstellen", entgegnete Welard, "uns wird er wahrscheinlich auch gar nicht bemerkt haben, sonst hätte er wohl irgendwelche seiner Diener geschickt, und um die Gumben zu vernichten, dürfte das Gewitter auch nicht das geeignete Mittel sein. Nein,

ich denke, daß es ein ganz normales, wenn auch besonders heftiges Unwetter war oder ist."
"Weißt du, wie es von hier aus weitergeht, und warst du überhaupt schon mal in diesem Raum?" wollte Dungan von Gezzo wissen.
"Sso ganzs genau weißs ich ess nicht", war seine etwas unsicher klingende Antwort, "ich hab' diessess Becken zswar sschon gessehen, war aber nur biss zsu dem Rohrende gegangen, weil ich nicht wußte, wie ich da ssonsst wieder hochkommen ssollte, denn ein Sseil hatte ich nicht mit."
"Ein Seil!" rief Welard und schlug sich mit der flachen Hand vor die Stirn, "wieso haben wir nicht daran gedacht, eines mitzunehmen, wir sind doch wirklich zu blöd!"
"So wichtig ist das doch auch nun wieder nicht", bemerkte Bregard, "wir können doch fliegen, und zu sechst sind wir auch stark genug, um Gezzo bei Bedarf mit hochzubringen."
"Das stimmt zwar", mußte Welard zugeben, gab aber gleichzeitig zu bedenken: "Das ginge jedoch nicht in einem Rohr wie dem, durch das wir gekommen sind. Wenn wir in so einem senkrecht hinauf müßten, könnten wir es zwar schaffen, hätten aber nicht genug Platz, um Gezzo zu mehreren zu fassen und emporzubringen."
"Ach, isst doch jetzst egal, wir haben nun mal nicht dran gedacht und können ess nicht mehr ändern, wir werden sschon Wege finden, durch die wir alle durchpassen", war sich Gezzo sicher, "gehen wir weiter, ich glaube, ess isst am bessten, wir gehen dort herum auf die andere Sseite, dort isst der Hauptteil der Unterirdischen Anlagen. Da müssen wir unss dann einen Weg ssuchen, um deine Freundin zsu finden, denn dort kenne ich mich nicht mehr auss, weil ich mich, wegen der ganzsen fiessen Biesster, nicht hineingetraut hab'."
Vorsichtig lief Gezzo über die glitschigen, algenbewachsenen Steine des Rundganges zur anderen Seite des gewaltigen Beckens, während die Elfen den Luftweg

vorzogen, um unnötige Blessuren durch mögliche Ausrutscher zu vermeiden.
"Wollen wir ess hier mal verssuchen?" fragte Gezzo und deutete auf eine dunkle Tunnelöffnung, in welcher, im schwachen Schein der Öllampen, die ersten Stufen einer nach oben führenden Treppe zu sehen waren.
"Irgendwo müssen wir ja anfangen!" stimmte Welard zu, "am besten tragen wir dich hoch, sonst dauert es ja ewig, bis wir oben sind."
Zu viert griffen sie Gezzo an Armen und Beinen und flogen den düsteren Aufgang hinauf. Kurz bevor sie den oberen Absatz erreichten, bemerkten sie Licht, welches durch eine verrostete, schräg in den Angeln hängende Tür fiel. Sie setzten den Gumb ab und löschten ihre eigenen Lampen, dann schlichen sie gemeinsam zu der Tür und spähten in den dahinter liegenden beleuchteten Gang. Dieser wies mehrere Türen auf, die alle geschlossen waren, und war ansonsten leer.
"Sag mal, Welard", erkundigte sich nun Bregard, "wie hast du dir das eigentlich vorgestellt, Wira hier zu finden? Willst du jede der Türen ausprobieren? Ich schätze, dann sind wir spätestens nach der zehnten total fertig!"
Welard schaute verlegen drein: "Irgendwie habe ich da gar nicht drüber nachgedacht", gestand er, "wo du das jetzt so sagst, fällt mir dieses Problem zum ersten Mal auf!"
Dungan schüttelte den Kopf: "Und nun, was machen wir jetzt?"
Welard traten vor Enttäuschung die Tränen in die Augen niedergeschlagen ließ er die Schultern hängen und sah die anderen hilfesuchend an.
"Sag mal Gezzo, gibt es hier vielleicht ein Lüftungssystem, über welches wir zu den einzelnen Räumen gelangen könnten", wollte Bregard wissen, "wißt ihr noch, so wie in der Pyramide", erklärte er, an die anderen gewandt.
"Nö", erwiderte Gezzo zu ihrer Enttäuschung, "sso wass gibt ess hier, ssoweit ich weiß, nicht!"

"Wir können doch die Gänge abfliegen und nachsehen, ob eine der Türen bewacht wird", schlug Dungan vor.
"Ach, das hat doch auch keinen Zweck", meinte Welard, "Urkalan hat damals die Türen auch nicht bewacht. Das hatte er ja auch gar nicht nötig, wenn er sie abgeschlossen hat; außerdem hat er ja auch noch seine Kameraüberwachung, die es uns ebenfalls unmöglich machen wird, die Gänge unbemerkt abzusuchen."
"Das fällt dir ja alles reichlich früh ein!" stellte Frodar fest, "scheint dann ja wohl, als seien wir hier vergeblich hergeflogen!"
"Ja, Mann, ich war halt zu aufgeregt, um an alles zu denken!" gab Welard verärgert zurück, "du bist ja auch nicht darauf gekommen!"
"He, Leute, es bringt doch nichtss, ssich jetzt zsu sstreiten!" beschwichtigte der Gumbenjunge, "unss wird sschon wass einfallen!"
"Psst, schnell ein Stück zurück, da kommt jemand!" warnte Bregard. Hastig schlüpften sie zurück in den Gang, der zur Zisterne führte, und hielten den Atem an. Durch den Türspalt sahen sie mehrere Ratten vorbeihuschen, von denen eine plötzlich innehielt und an der Tür schnüffelte. Dann stieß sie ein alarmierendes Pfeifen aus, das auch die anderen Ratten umkehren ließ. Aufgeregt trippelten sie vor der Tür herum, konnten aber zum Glück nicht durch den engen Spalt der eingerosteten Tür, da sie zu der von Urkalan gezüchteten Riesengattung gehörten, die die Größe eines ausgewachsenen Schäferhundes erreichte. Zwei der Nager rannten jetzt zurück, von woher sie gekommen waren, während die anderen den Eingang bewachten.
"Es hat keinen Zweck, wir müssen umkehren!" flüsterte Bregard, "ohne menschliche Hilfe schaffen wir es nicht!" Die anderen folgten seinem Rat sofort, während er den widerstrebenden Welard mit sanfter Gewalt hinter sich her zerren mußte. "Oh, Wira, ich verspreche dir, ich komme wieder!" schluchzte Welard untröstlich, "ganz bestimmt komme ich wieder!"

"Schneller, schneller!" rief der mit Welard den Schluß bildende Bregard, "irgendetwas Großes scheint sich an der Tür zu schaffen zu machen, ich höre sie quietschen, sie werden gleich hinter uns her sein!"
Alle verdoppelten noch ihre Anstrengungen, besonders die vier, die Gezzo trugen. Ohne zu verweilen, flogen sie gleich über das Becken hinweg zu dem Rohr, durch das sie gekommen waren. Mittlerweile tröpfelten hier nur noch spärliche Wasserreste heraus, so daß sie ihren Fluchtweg wieder benutzen konnten. Gerade als die letzten von ihnen, nämlich Bregard und Welard, im Rohr verschwanden, konnten sie die ersten Ratten sehen, die die Treppe hinunterfegten; sie kamen dort mit so viel Schwung um die Ecke auf den umlaufenden Steig, daß drei der insgesamt fünf Nager auf den schmierigen Steinplatten ausrutschten, ins Wasser stürzten und dort hilflos umherpaddelten, da es keinen geeigneten Ausstieg für sie gab. Die vordere der beiden, die obengeblieben waren, hatte die fliehenden Elfen erspäht: Sie gab ein ekelhaftes Kreischen von sich und versuchte ebenso hartnäckig wie erfolglos, an der nassen Wand unter ihnen emporzuklettern. Bregard sah zu ihr hinunter und lachte ihr ins Gesicht: "Na du fettes, unbeholfenes Etwas, keine Chance, wie?!"
Doch jetzt wurde es ernst: Eine der von Urkalan geschaffenen Riesenspinnen eilte in den Raum und begann, scheinbar mühelos, die Mauer zu erklettern! Erschrocken rannte Bregard hinter den anderen her, die schon einen gehörigen Vorsprung hatten. Jetzt kam er unter dem Entlüftungsschacht her, den Gezzo auf dem Hinweg erwähnt hatte. Hinter sich hörte er bereits das Kratzen der Spinnenklauen auf dem Ton der Röhre, als ihm ein Einfall kam.
"Rennt weiter, wir werden von einer Riesenspinne verfolgt und sind nicht schnell genug. Bringt euch in Sicherheit, ich werde sie ablenken!"
Nach kurzem Zögern setzten seine Begleiter ihre Flucht fort, während Bregard sich umdrehte.
"He, schwabbeliges Spatzenhirn, komm doch, wenn du mich haben willst!"

Diese Aufforderung war gewiß nicht nötig, schien den Eifer der Arachnide jedoch zusätzlich anzustacheln mit hektisch trappelnden Beinen schoß sie auf ihn zu. Fast glaubte sie ihn schon in den Fängen zu haben, da flog er nach oben in den Schacht. Er hatte vor, die Spinne dort möglichst weit hoch hinter sich her zu locken, dann einfach nach draußen zu fliegen und ihr eine lange Nase zu drehen. Er dosierte seine Geschwindigkeit so, daß die Spinne eben hinterherkam, er aber immer gerade außerhalb ihrer Reichweite blieb. So, dachte er bei sich, das müßte reichen, die anderen sind weit genug weg! Er beschleunigte und ließ den Achtbeiner locker hinter sich zurück. Schon spürte er, wie die Luft frischer wurde, gleich müßte er herauskommen. Nach oben blickend, sah er schon die ersten Sterne blitzen, als er fast gleichzeitig einen gehörigen Schock bekam: Der Schacht war nach oben mit zwei Gittern, einem groben und einem feinen, gesichert! Er konnte nicht hinaus! Weit unter sich hörte er die leisen Geräusche, die die Spinne beim Klettern verursachte.

16

"Wir könnten dir besser helfen, wenn du uns sagen würdest, auf was wir achten sollen", sagte Lila zu Beate, die mal die Bäume, mal den Boden betrachtete, dann wieder zum Himmel blickte und unschlüssig auf der Unterlippe kaute.
"Na gut, aber vorerst noch nichts weitererzählen! Ich überlege, ob man nicht ein Feuer legen könnte! Alles drumherum, auch das Nest selbst, ist gut brennbar, und wenn man ringsumher alles anzündet, dürften die Reißzahnteufel eigentlich keine Chance haben."
"Hey, tolle Idee!" fand Lila, "aber was ist, wenn das Feuer auch in die falsche Richtung brennt?"
"Genau deshalb gucke ich mir ja alles so genau an", erklärte Beate, "ich will ja auch nicht, daß den Gumben etwas passiert. Aber bisher bin ich optimistisch: Der Wind kommt von der richtigen Seite, nach Süden ist der Wald nicht allzu groß, und zwischen hier und dem Dorf ist ja der Bach, über den das Feuer nicht hinwegkann."
"Ja, und hinter dem Nest geht es auch nicht viel weiter, dort konnte man Felsen sehen", ergänzte Camilla.
"Das ist gut!" freute sich Beate, "ich glaube, dann werde ich es mit eurer Hilfe morgen früh wagen. Ihr müßtet ebenfalls Feuer legen, damit es von allen Seiten gleichzeitig auf das Nest zubrennt und den Biestern keinen Fluchtweg offen läßt. Probiert mal, ob ihr es schafft, solch ein Streichholz zu entzünden!"
Nach kurzem Üben hatten die drei Elfenmädchen den Dreh heraus, und so konnte Beate für ihr Vorhaben auf ihre Hilfe bauen. Die Gumben wollte sie es schon deshalb nicht machen lassen, weil sie eventuell nicht schnell genug würden fliehen können, falls sich das Feuer schneller als erwartet ausbreitete. Zufrieden mit den Ergebnissen ihrer Erkundung, kehrten sie in das Gumbendorf zurück. "Wie sieht es aus?" wurden sie gleich als erstes von Gnubbel gefragt, "kannst du uns jetzt mitteilen, was du vorhast?"

"Ich denke ja", antwortete Beate, "am besten wäre es, du holtest alle zusammen, da es euch alle betrifft, sonst muß man es immer wieder erklären."
Gnubbel nickte zustimmend und holte einen Gong aus seiner Wohnung, den er anschließend wild mit einem kurzen Knüppel malträtierte. Sofort strömten die Gumben zusammen und sahen erwartungsvoll auf Beate. Kurz erläuterte das Mädchen, was sie vorhatte, und bat anschließend die Gumben um ihre Meinung.
"Es könnte sich als einzig mögliche Lösung herausstellen", sagte Grapp nachdenklich, "auch wenn es mir ziemlich gefährlich erscheint."
"Aber", protestierte Gnubbel, "was ist dann mit unserer schönen Umgebung hier, da bleibt dann ja jenseits des Baches nur eine schwarze Wüste!"
"Papperlapapp!" kommentierte Gulda, "wenn sie es nicht macht, nützt uns die schönste Gegend hier gar nichts mehr, weil wir dann wegziehen müßten!"
"Da hat Gulda recht", fand auch Gnessa, "ich finde, es sollte versucht werden!"
"O.k., dann werde ich es morgen früh zusammen mit Lila, Renata und Camilla, angehen", entschied Beate und kratzte sich am Arm, "wie, das haben wir ja schon besprochen." Jetzt juckte es auch noch an ihren seit dem Angriff des Wurmes bloßen Beinen. "Mensch, was ist denn das?!" rief sie genervt und rieb mit der Hand ihre Wade. Auch die meisten Gumben und die Elfen scheuerten und kratzen sich. Der Grund war schnell gefunden; es waren unzählige Gewittertierchen, die sich auf Haut und Haaren niedergelassen hatten.
"Donnerwetter, sind das viele!" staunte Gulda, "ich wette, es wird ein mächtiges Unwetter geben!"
"Ach du ahnst es nicht!" entfuhr es Beate, "nicht nur, daß ich vermutlich ordentlich was abbekommen werde, weil ich ja nicht in eure Häuser passe, es könnte auch unseren ganzen Plan zunichte machen, wenn dann alles durchnäßt ist!"
"Ich glaube, ich hör' schon was", sagte Lila und lauschte. Tatsächlich war ein entferntes Grummeln zu vernehmen, und auch die stehende Luft deutete mit

ihrer stickigen Wärme auf das bevorstehende Naturereignis hin. "Könntet ihr mir irgendetwas empfehlen, wo ich etwas Schutz finden kann?" wandte sich Beate an die Gumben.
"So richtig gibt es hier nichts, was für Menschen geeignet wäre", grübelte Gnessa, "höchstens dort hinten, hinter der gespaltenen Kiefer, da steht eine Kastanie, die ein sehr dichtes Blätterdach hat, welches fast bis zum Boden reicht. Die ist auch nicht ganz so hoch wie die meisten sie umgebenden Bäume, so daß auch bestimmt kein Blitz einschlagen wird."
"Ich komme mit dir, Beate", entschied sich Lila, "dann bist du nicht so alleine!"
"Ich bleibe auch bei dir", schloß sich Camilla an, "und was ist mit dir, Renata?"
"Du kannst auch mit zu uns, öh, kommen!" bot Gnumba an.
"Also, wenn ihr nicht sauer seid, gehe ich mit Gnumba", meinte Renata, die schon die ganze Zeit über, seit das Donnern immer lauter wurde, ein besonders ängstliches Gesicht gemacht hatte.
"Ach, woher!" wehrte Beate ab, "das wär ja noch schöner, wenn wir wegen so etwas sauer wären!"
Renata war sichtlich erleichtert, daß sie das zu erwartende Unwetter in der gemütlichen Höhle abwarten durfte. Mittlerweile kündigten die ersten heftigen Windstöße den bevorstehenden Ausbruch der Naturgewalten an. Sand und Blätter wurden emporgewirbelt, und es kühlte merklich ab.
"Kommt", sagte Beate zu Lila und Camilla, "geh'n wir lieber und machen es uns unter dem Baum bequem!" Sie nahm je eine der beiden in jede Hand und ging schnellen Schrittes zu der besagten Kastanie hinüber. Der Vorschlag Gnessas erschien ihr gut getroffen, denn die Krone des alten, dicken Baumes war wirklich extrem dicht, so daß sie die Hoffnung hegte, den Regen trocken überstehen zu können. Eine mächtige bemooste Wurzel auf der windabgewandten Seite des Baumes schien ihr die geeignete Stelle zu sein, der Dinge zu harren, die da kommen würden. Sie ließ sich

auf das natürliche weiche Polster sinken und lehnte sich mit dem Rücken an den knorrigen Stamm; so ließ es sich aushalten! Einziger kleiner Wermutstropfen war, daß der Stamm nicht den ganzen Wind abhielt, sondern die Böen ihr selbst hier noch häufig die Haare durcheinanderwirbelten.

"Hm", murmelte sie vor sich hin, "hoffentlich war das wirklich die richtige Entscheidung!"

Lila sah zu ihr auf: "Was, sich hier unter den Baum zu setzen?"

"Nein, ich meine, morgen das Feuer zu legen. Mir kommen allmählich Bedenken: Was wird zum Beispiel aus all den anderen Tieren, die dort im Wald leben?!"

"Ich glaube, da brauchst du dir keine unnötigen Gedanken zu machen", beruhigte Camilla ihre Gefährtin, "es wird so oder so nur noch Insekten und andere Kleinstlebewesen betreffen, alle anderen haben die Reißzahnteufel eh schon gefressen. Als wir zu dem Nest geflogen sind, habe ich kein einziges größeres Tier bemerkt, und du Lil?"

"Nee, da waren echt keine mehr!" bestätigte ihre Cousine.

"Vor allem", fuhr Camilla fort, "was wird in Zukunft passieren? Wenn sie hier jetzt schon nahezu alles vertilgt haben, werden sie sich sicher bald auf die Suche nach neuen Jagdgebieten begeben, und dann wird man sie wohl so schnell nicht wieder derart konzentriert auf einem Fleck finden, das heißt, man könnte sie dann vermutlich kaum noch ausrotten!"

Beate nickte und schien ihre Gewissensbisse abgelegt zu haben. Um sie herum ließen die heftigen Windstöße der letzten Minuten kurzfristig nach, dann klatschten erste dicke Tropfen auf ihr Blätterdach, und die Erde ringsherum, kleine Sand und Staubfontänen emporwerfend.

"Ganz schön fette Dinger", bemerkte Lila, "so einen möchte ich nicht unbedingt auf den Kopf kriegen!"

Schnell wurde aus den einzelnen Tropfen ein wildes Geprassel, in das sich immer mehr dicke Hagelkörner mischten, von denen etliche bis zu ihnen unter den

schützenden Baum hineinsprangen. Teilweise erreichten die eisigen Kugeln die Größe von Taubeneiern.
"Ich glaube, so'n Ding könnte euch glatt ein Loch in den Schädel hauen", sagte Beate, ein besonders großes Eisstück in ihren Fingern drehend. Beide Elfenmädchen nickten mit blassen Gesichtern. Unterdessen kam der Wolkenbruch, der allmählich wieder von Hagel in Regen überging, als nahezu geschlossene Wasserwand herunter, so daß jenseits des Blätterdaches die Welt wie abgeschnitten schien.
"Iieeh!" entfuhr es Beate, der plötzlich ein Rinnsal, das sich seinen Weg am Stamm hinunter gebahnt hatte, in den Nacken lief. Rasch rutschte sie ein Stück vor, doch auch das brachte auf Dauer nicht viel, denn inzwischen sprühten die ersten feinen Tropfen auch zwischen den Blättern hindurch, und bald troff es nahezu überall zwischen den Zweigen herab. Nicht lange, und Beate war vollständig durchgeweicht, wohingegen die Elfen den Vorzug hatten, daß Beate sie mit ihrem Körper abschirmte und sie so fast ganz trocken blieben. Insgesamt dauerte der Spuk fast eine Stunde, dann war es unerwartet plötzlich zu Ende. Beate stand auf und reckte sich: "Bäh, war das unangenehm!"
Sie schüttelte sich, "ich kann nicht gerade behaupten, daß ich mich besonders wohl fühle!" Vorerst verließen die drei den nun zweifelhaften 'Schutz' des tropfenden Baumes. Als nächstes entledigte sich Beate ihrer Bluse und den Jeansresten, um die Kleidungsstücke auszuwringen und anschließend mit der noch feuchten Bluse die Haare abzurubbeln.
"Jetzt müßte man trockene Klamotten haben!" seufzte sie, während sie die klammen Teile wieder überstreifte.
"Laß die Sachen doch aus!" empfahl Lila, "guck uns an, wir tragen doch auch keine Kleider und fühlen uns ganz wohl."
"Ich weiß nicht, nee, da fühle ich mich irgendwie doch zu unwohl!" wehrte Beate ab, "mag sein, daß ich mich auf Dauer dran gewöhnen könnte, aber vorerst noch nicht."

"Laßt uns doch ins Gumbendorf zurückgehen", schlug Camilla vor, "mal sehen, wie es denen bei der Sintflut ergangen ist."

Dort angekommen, empfing sie hektisches Treiben: Fast alle Bewohner waren gezwungen, ihre Höhlen auszuschöpfen und ihre Einrichtung in Ordnung zu bringen.

"Das war das schlimmste Unwetter, an das ich mich erinnern kann", erklärte der alte Dorfarzt Grond, "hoffentlich kommt so etwas nicht so bald wieder vor!"

Auch der Großteil der anderen Gumben stöhnte über die zusätzliche Arbeit und über die Zerstörung etlicher Gegenstände durch die Fluten. Nur die Kinder tobten voller Freude durch die neuentstandenen 'Seen' und hatten ihren Spaß bei etlichen großen und kleinen Wasserschlachten. Erst gegen Mitternacht hatten die Gumben die gröbsten Schäden beseitigt und kehrten zu einer verkürzten Nachtruhe in ihre Wohnungen zurück. Da es in Anbetracht des sternenklaren Himmels nicht zu erwarten war, daß es weiteren Regen geben würde, breitete Beate ihren Schlafsack, der dank Unterbringung in einer Vorratshöhle der Gumben weitgehend trocken geblieben war, auf einer sandigen Stelle inmitten des Dorfes aus und legte sich dort schlafen.

Am nächsten Morgen erwachte sie schon früh mit schmerzendem Hals. Sie mußte wohl unglücklich gelegen haben; dazu hatten noch die feuchten Haare und der kühle Wind das ihre getan und ihr eine deftige Verspannung der Hals- und Nackenmuskulatur beschert. Selbst das leichteste Drehen des Kopfes trieb ihr schon die Tränen in die Augen. Schlecht gelaunt setzte sie sich auf und sah sich um. Die Sonne war erst kürzlich aufgegangen und spendete noch kaum Wärme, doch der blaue Himmel versprach einen angenehmen Tag. Träge erhob sie sich, um mit müden Bewegungen ein paar gymnastische Übungen zu vollführen und sich so gut es ging, selbst den Nacken zu massieren. Nach und nach kamen auch die ebenfalls übernächtigten Gumben und Elfen ans Tageslicht. Die meisten beschäftigten sich damit, diejenigen Teile, die in der Nacht naß geworden waren, herauszutragen und in der Sonne auszubreiten. Erst jetzt wurde anschaulich, welch immensen Schaden das Unwetter angerichtet hatte. Doch nahm es der Großteil der Geschädigten nicht allzu tragisch, waren sie doch wenigstens von Personenschäden verschont geblieben. Der nächtliche Wind war eingeschlafen, und die höhersteigende Sonne heizte die Temperatur mächtig an. Die verdunstende Nässe stieg in dicken Schwaden auf und hielt sich dann teilweise hartnäckig als schwüler Nebel zwischen den Bäumen, in den die durch die Zweige scheinende Sonne fremdartig anmutende Muster schnitt.

"Ich glaube, ihr müßt wohl mindestens bis zum Mittag warten, bis es trocken genug ist, um das Feuer zu entzünden", schätzte Grapp, "oder was meinst du dazu?"

"Scheint mir auch so!" meinte Beate und fuhr mit der Hand über die nassen Gräser, "aber auf ein paar Stunden wird es jetzt auch nicht mehr ankommen."

"Was ist mit dir, Beate?" wollte Gnessa wissen, die mit ihrem Blick für Kleinigkeiten sofort bemerkt hatte, daß Beate sich besonders vorsichtig bewegte.

"Ach, nichts Schlimmes", erwiderte diese, "ich hab' mir heut' Nacht nur den Hals verlegen."

Gnessa nickte verstehend: "Wenn so etwas ist, dann müßt ihr euch an mich oder Grond wenden, für solche Fälle gibt es durchaus wirksame Mittel! Grohoond! Kommst du mal?!"

Der alte Arzt kam herbeigeschlurft: "Guten Morgen Gnessa, was gibt es denn?"

"Ich brauche Salbe gegen Muskelverspannungen; ich habe zwar auch selber noch welche, aber die wird nicht reichen, denn ich brauche sie für Beate, und da darf es dann schon etwas mehr sein!"

"Das geht klar, mein Kind", sagte der Arzt seine Hilfe zu, "bin gleich wieder da!" Sich diesmal deutlich schneller bewegend, entschwand er in Richtung seiner Wohnung, die gleichzeitig so etwas wie Praxis und Apotheke in einem beherbergte. Alsbald kehrte er mit einem für ihn riesigen Salbentopf zurück. Auch Gnessa

hatte mittlerweile ihren nicht unbeträchtlichen Vorrat der gleichen Salbe beigebracht.
"Dann mach dich mal da frei, wo es weh tut!" forderte Gnessa sie auf. Beate entledigte sich ihrer Oberbekleidung und legte sich dann bäuchlings auf ihren Schlafsack, damit Grond und Gnessa an die fragliche Stelle überhaupt herankamen. Die beiden Gumben erklommen ihren Rücken und krabbelten, was ziemlich kitzelte, zu ihrem Hals, ließen sich die Salbeneimer heraufreichen und begannen, das Mittel auf Hals und Nacken zu verteilen. Fast augenblicklich schnappte Beate nach Luft: "Aaah, das brennt ja wie Feuer!"
"Das muß so sein!" sagte Grond, "das regt die Durchblutung an, aber du wirst sehen, es wirkt schnell und gut!"
Dem konnte das Menschenmädchen nur zustimmen; schon nach zehn Minuten ließ sich der Kopf beinahe schmerzfrei bewegen!
"Ist ja sagenhaft", freute sie sich, "so durchblutungsfördernde Salben gibt es bei uns auch, aber so toll wie diese wirken die bei weitem nicht!"
Grond strahlte stolz über das ganze Gesicht, war diese Creme doch eines seiner selbstkreierten Rezepte.
Am späteren Vormittag dann fand Beate nach einer kurzen Überprüfung, daß es soweit abgetrocknet war, daß von dieser Seite einem erfolgreichen Entzünden des Feuers nichts mehr im Wege stand. Sie wies die drei Elfen noch einmal genau an, wo sie das Feuer legen sollten, und gab jeder von ihnen sechs Streichhölzer mit. "Das sollte reichen", entschied sie, "am besten, ihr legt an mehreren Stellen Feuer, dann schließt sich der Flammenkreis schneller! Du, Gnumba?"
"Ja, was, öh, gibt es, Beate?"
"Könntest du mit mir kommen und dann, wenn es soweit ist, ungefähr in die Mitte über das Nest fliegen und dort laut pfeifen? Auf dies Zeichen hin zünden wir die Flammen."
"Kein, öh, Problem!"

Beate selbst bewaffnete sich mit dem Gasbrenner, einer Ersatzkartusche und dem Feuerzeug, dann stapfte sie durch das Wasser auf die andere Seite des Baches und machte sich auf den Weg zu ihrem gewählten Einsatzort.
"Viel Erfolg, und komm heil zurück!" riefen ihr die Gumben noch hinterher, dann war sie mit Gnumba, die ihren Falken um sie herum kreisen ließ, allein. Sie brauchte natürlich länger als die Elfen, da sie sich teilweise regelrecht durch das Unterholz kämpfen mußte. Nun aber hatte sie ihr Ziel, einen etwas lichteren, nur von Nadelbäumen bestandenen Teil des Waldes erreicht, der es ihr gestattete, schnell hin und herzulaufen, um das Feuer in möglichst kurzen Zeitabständen an vielen Stellen zu legen. Zusätzlich kam ihrem Vorhaben gelegen, daß hier viel trockenes, hohes Gras stand, das leicht entflammbar war.
"O.k., ich bin soweit! Ich schätze, Lila, Camilla und Renata dürften schon längst an ihren Zielorten sein, dann flieg mal jetzt los und gib das Zeichen!"
Gnumba trieb ihren Falken an und schoß davon. Nach wenigen Sekunden war sie nur noch als kleiner Fleck am Himmel zu sehen, da ertönte auch schon ihr unüberhörbarer Pfiff. Sofort zündete Beate die Flamme des Brenners und legte Feuer an einen besonders dichten Grasbüschel, danach rannte sie zehn Meter weiter und wiederholte die Prozedur. Insgesamt legte sie an zwanzig Stellen Feuer, um sich dann in Richtung des Gumbendorfes zurückzuziehen. Sie sah, daß die Flammen an mehreren der Stellen bereits in die Bäume übergegriffen hatten und etliche Meter hoch schlugen. Erschrocken bemerkte sie, daß sich das Feuer jedoch nicht nur in Richtung des Nestes, sondern auch rasend schnell in ihre Richtung ausbreitete! Damit hatte sie so nicht gerechnet; sie hatte nicht bedacht, daß der Wind, den sie sich gestern als Verbündeten ausgerechnet hatte, nun ja nicht mehr aus der gewünschten Richtung wehte, sondern bis zur Windstille abgeflaut war. In größter Hast kämpfte sie sich durch das Unterholz, mit Angst registrierend, daß das Feuer sie auf der rechten

Seite bereits zu überholen begann! Nun fuhr ein plötzlicher Windstoß durch die Bäume, der die Flammen noch höher auflodern ließ; und dieser Windstoß kam ihr nicht, wie vermutet und gehofft, entgegen, sondern von hinten! Beate fluchte innerlich über ihren Leichtsinn und versuchte, ihre Beine zu noch höherer Geschwindigkeit zu zwingen. Entsetzt sah sie plötzlich auch noch vor sich ein kleineres Feuerchen; wie war das denn entstanden?! Aufblickend entdeckte sie den Grund, der ihr das Herz stocken ließ: Der neu erwachte Wind riß brennende Zweige und Nadeln los und trieb sie vor sich her; da, wo sie niederfielen, entfachten sie häufig neue Brände, und je stärker das Feuer hinter ihr wurde, um so größer wurde auch die Zahl der Tochterfeuer. Schon nahm ihr der Rauch zusehends den Atem. Wie weit war es denn bloß noch?! Mehrfach bekam auch sie nun herabregnende Glutstücke ab, die sich teilweise durch die Bluse brannten oder in ihre Haare fielen und diese zu entzünden drohten. Ständig mußte sie sie mit den Händen ersticken, was ihr auch noch Brandblasen an den Fingern einbrachte. Endlich, als sie kaum noch zu hoffen wagte, mit dem Leben davonzukommen, sah sie den Bach durch die Bäume schimmern. Einmal noch mußte sie eine Feuerwand, die sich vor ihr auftürmte durchspringen, dann war sie aus dem Wald heraus. Eiligst warf sie sich der Länge nach in das kalte Wasser, um sicher zu sein, das sich keine verborgene Glut mehr an ihr versteckte, dann erhob sie sich wieder und betrachtete, was sie da in Gang gesetzt hatte. Völlig konsterniert mußte sie sich eingestehen, daß ihr das Geschehen total aus dem Ruder gelaufen war. Entgegen ihrer Annahme hatte sich das Flammenmeer nicht nur hinter ihr hergefressen, sondern auch durch die weggewehten Glutstücke den Bach übersprungen und den Wald auf der anderen Seite in Brand gesetzt. Derartig gewaltig war das Inferno, daß selbst der Einsatz geballter Feuerwehrkräfte vermutlich erfolglos wäre. Was hatte sie angerichtet?! Weinend hastete sie zudem Gumbendorf, deren Bewohner, wie auch die bereits zurückgekehrten Elfen, fassungslos auf der

Wiese standen und hilflos mit ansehen mußten, wie die Flammen immer näher kamen.

"Es tut mir so leid!" schluchzte Beate, "das habe ich wirklich nicht gewollt!"

"Das ist doch genauso unsere Schuld", tröstete sie ganz überraschend der dicke Gnubbel und tätschelte ihren Fuß, "du hast uns ja vorher genau erklärt, was du vorhast, und wir haben nicht widersprochen, also tragen wir die gleiche Verantwortung!"

Erstaunt und mit Hochachtung schauten viele der Gumben auf ihren Häuptling: So kannten sie ihn ja gar nicht. "Endlich mal wahr gesprochen!" lobte ihn denn auch Gulda und drückte ihm einen fetten Kuß ins Gesicht, "aber wir sollten jetzt nicht zu lange untätig herumstehen, zumindest die Kinder müssen sofort in die Wohnungen!"

Gegen den wilden Protest der Betroffenen wurden die kleineren Kinder in die Wohnhöhlen gebracht, damit sie vor der mörderischen Hitze in Sicherheit waren.

"Vielleicht sollten wir hier ein kontrolliertes Gegenfeuer anzünden", schlug Grumbor vor.

"Und wie, und womit willst du das bitte kontrollieren?" wollte Gnessa wissen.

"Hm ... , weiß ich auch nicht", gestand Grumbor kleinlaut. Unterdessen war die Hitze derart stark geworden, daß sich auch die ersten Erwachsenen genötigt sahen, den Schutz der Höhlen aufzusuchen. Nur Gulda, Gnubbel, Gnumba, Grapp, Gnessa und der alte Arzt sowie die Elfen harrten noch aus.

"Wir, besonders ihr Elfen mit euren zarten Flügeln, müssen uns allmählich auch in Sicherheit bringen", entschied Gnessa, "du, Beate, gehst am besten dort hinten hin, wo der Bach so ziemlich in der Mitte der Lichtung diese Schlaufe bildet, und legst dich dort ins Wasser, besseren Schutz wirst du hier nirgends finden!"

Beate befolgte sogleich diesen Rat, während sich ihre kleinen Freunde in ihren Höhlen versteckten. Noch immer konnte das verstörte Mädchen nicht glauben, was sie da für ein Unheil angezettelt hatte. Zitternd hockte sie sich in das flache Wasser, mühsam in der

glühenden Luft nach Atem ringend. Immer wieder tauchte sie mit dem Kopf unter, um der unerträglichen Hitze zu entgehen. Erst drei Stunden später fehlte dem Feuer in der näheren Umgebung der nötige Nachschub an Brennbarem, so daß die Temperatur langsam auf ein erträgliches Maß sank. Mit durch den ständig eingeatmetem Rauch kratzendem Hals und brennenden, geröteten Augen entstieg Beate ihrem 'Gefängnis'. Was sie sah, wollte kaum in ihren Kopf: Die gesamte, vormals wunderschöne bewaldete Landschaft war zu einer rußgeschwärzten, lebensfeindlich anmutenden Wüstenei geworden! War es das wert gewesen? Würde sich die Natur davon in absehbarer Zeit erholen können? Noch immer loderten einige Flammenherde in der näheren Umgebung, während etwas weiter entfernt mächtige, flammendurchzüngelte Rauchwolken in den Himmel quollen. Überall wirbelte feine Asche durch die Luft und deckte alles mit einer gräulich-schwarzen Decke zu. Beate spürte den heißen Boden durch ihre Schuhsohlen brennen, als sie auf das ehedem so gut versteckte Gumbendorf zuschritt. Jetzt waren die Eingänge der Wohnhöhlen ohne große Mühe zu entdecken, und Beate fragte sich, ob die Gumben in dieser zerstörten Welt überhaupt noch leben konnten oder wollten. Traurig hockte sie zwischen den Wohnhöhlen, aus denen ihre Bewohner nach und nach ins Freie kamen und mit großen Augen das Werk der Vernichtung betrachteten. Man mußte es den Gumben hoch anrechnen, daß nicht einer von ihnen Kritik an Beate übte, sondern im Gegenteil das unglückliche Mädchen zu trösten versuchten.
"Ich habe alles kaputt gemacht, euch sogar jegliche Deckung oder Tarnung genommen!" flüsterte Beate.
"Ach, das mit der Tarnung ist halb so wild!" erklärte Gnubbel, "bei diesen äußeren Bedingungen wird uns das Gras in spätestens drei Wochen erneut verborgen haben, und der Wald wird sicher im Laufe der Zeit auch wieder nachwachsen. Im schlimmsten Fall können wir ja immer noch umziehen, was wir, wären die Reißzahnteufel noch da, eh hätten tun müssen."

"Genau, Beate", unterstützte auch Gnessa ihren Häuptling, "du hast im guten Glauben das getan, was als einzig mögliche Lösung erschien!"
"Also, wenn ihr lieber vorläufig hier wegwollt", warf Lila ein, "und da spreche ich mit Sicherheit für alle Elfen, könnt ihr gerne zu uns ins Kartal kommen und da vorübergehend oder auch auf Dauer leben!"
"Stimmt", pflichtete Camilla bei, "da würden wir uns alle freuen!"
"Das ist ein nettes Angebot", fand Gulda, "aber ich denke, wir warten erstmal die Entwicklung der nächsten paar Tage ab, bevor wir eine derart weitreichende Entscheidung treffen!"
"Sagt mal, hört ihr das, öh, auch?" fragte Gnumba und bat mit einer auffordernden Handbewegung um Ruhe, "das hört sich an, als kämen da wieder welche von Urkalans Insekten angeflogen!"
Alle lauschten, bis Beate das Schweigen brach: "Das sind keine Insekten, das muß ein Hubschrauber sein, eine von Menschen gebaute Flugmaschine", setzte sie noch für die Gumben hinzu, die ziemlich verständnislos dreinblickten. "Auch daran hätte ich denken müssen", fuhr sie fort, "daß derartige Rauchwolken die Menschen alarmieren mußten und sie zur Kontrolle hierherfliegen würden!"
Weiter entfernt, sah man den Helikopter sich ihrem Standort nähern.
"Schnell, alle zurück in die Höhlen!" befahl Gnubbel, der nach dieser Brandkatastrophe irgendwie gereift schien, "sie sollen niemanden sehen! Darf ich dich bitten, daß du dich noch einmal im Bach versteckst!" bat er Beate. Diese nickte nur und sprintete zum Wasser zurück. Dort wühlte sie sich, so gut es ging, in den sandigen Untergrund, damit man ihre Körperumrisse nicht durch das klare Wasser erkennen konnte. Ihren Kopf drückte sie an die Uferkante, wo noch ein paar wenige überhängende Pflanzen überlebt hatten. Aus den Augenwinkeln sah sie, wie der Hubschrauber das Gebiet in weiten Kreisen überflog, schließlich abdrehte und mit hohem Tempo davonflog.

"Was wird nun geschehen", wollte Grapp wissen, als sie wieder beisammen standen, "werden sie wiederkommen?"
"Ich weiß es nicht", erwiderte Beate, "das kommt darauf an, wie sie das Feuer einschätzen. Wenn sie es für sehr gefährlich halten, werden sie mit Löschhubschraubern und Löschflugzeugen zurückkehren oder gar Einheiten der Feuerwehr am Boden absetzen; ich kann es euch nicht genau sagen!"
"Den Rauchwolken nach zu urteilen, scheint es nur noch dahinten zu brennen", deutete Lila nach Norden, an den anderen Seiten ist kaum noch etwas zu sehen."
Sie und Renata flogen kurz einmal hoch, um sich einen Überblick zu verschaffen. Als sie zurückkamen, konnten sie Lilas Vermutung bestätigen.
"Flammen sind tatsächlich nur noch an einer Stelle zu sehen", berichtete Renata, "vielleicht war der Wald in den anderen Richtungen noch zu naß, dort qualmt es nur noch ein kleines bißchen."
"Dann werden die Leute mit dem, öh, Hub ... ,öh , Dingsbums, bestimmt nicht zurückkommen", vermutete Gnumba, "weil sich der, öh, Wald nach Norden nicht mehr allzu weit erstreckt, das bißchen, was da noch abbrennen kann, ist sowieso nicht mehr zu, öh, retten, das werden die Menschen auch eingesehen haben!"
"Du magst recht haben", meinte Beate, "andererseits könnte es passieren, daß welche von ihnen heraufkommen, um den Schaden näher zu begutachten, dann müßte man doch sehr vorsichtig sein."
"Ich hoffe, daß die dann wenigstens auch mit so'm Hubschrauber kommen und nicht bei uns durchs Kartal trampeln!" erklärte Lila.
"Oh weh!" rief plötzlich Grufflan, "hoffentlich sind nicht Gezzo und seine Begleiter auf dem Rückweg in das Feuer geraten!"
Das versetzte auch Beate wieder ängstliche Stiche ins Herz; an diese Gruppe hatte auch sie nicht mehr gedacht. Nun hieß es einfach abwarten ob sie, vielleicht sogar mit Wira, zurückkehrten.

17

Bernhard und Meike hatten den Aufstieg zur Hochebene bereits fast bewältigt. Zusammen mit Sara, Killy, Jondras und Renatas Vater Sebor waren sie um sieben Uhr morgens aufgebrochen, um die Suche nach Beate - und nun auch noch nach den Elfenmädchen – fortzusetzen. Nun war es kurz nach Mittag und die Hitze schon fast unerträglich. Killy, die ein ganzes Stück über ihnen flog, deutete nach vorn, "dort oben scheint etwas zu brennen!" rief sie herunter, "da steigen dicke Qualmwolken empor!"
Meike und Bernhard sahen auf; selbst von ihrer niedrigen Position aus war der Rauch zu sehen. Die anderen Elfen folgten Killy, als sie noch etwas höher hinaufflog, um besser beobachten zu können.
"Meine Güte!" rief Sara aus, "es ist ein riesiger Waldbrand, man sieht die Flammen zig Meter hoch schlagen!"
"Los Meike", drängte Bernhard, "beeilen wir uns, ich will auch sehen, was sich da abspielt. Hoffentlich sind unsere Freunde durch dieses Feuer nicht in Gefahr geraten!" So schnell es ging, ohne allzu unvorsichtig zu werden, kletterten sie die letzten Felshänge hinauf. Dann standen sie schweratmend oben und hatten den Waldbrand ebenfalls vor Augen.
"Donnerwetter, ist das riesig!" entfuhr es Meike beeindruckt, "so ein großes Feuer habe ich noch nie gesehen!"
"Wahrscheinlich ist es durch Blitze bei dem Gewitter heute nacht entstanden", vermutete Jondras.
"Mag schon sein", sagte Bernhard, "allerdings hätten wir dann eigentlich auch schon heute früh, als wir losgegangen sind, den Rauch sehen müssen, denn das Unwetter war ja schon am Abend vorher. Ist ja auch egal, das können wir jetzt nicht klären. Wichtiger erscheint mir, zu überlegen, wie wir weiter vorgehen sollen. Hier oben können wir vermutlich kaum Spuren entdecken, weil der Untergrund zu hart ist. Also stellt sich die Frage: Gleich zur Ruinenstadt, oder sollen wir

erst in Richtung des brennenden Waldes suchen, falls Beate und die Elfenmädchen da etwas mit zu tun haben?"

"Ich plädiere für die zweite Alternative", erklärte Killy, "denn der Brand stellt die akutere Gefahr dar, so daß wir uns vorerst vergewissern sollten, ob die Kinder dort sind. Wenn nicht, können wir von da immer noch nach Osten zur Ruinenstadt abbiegen, der Umweg wäre nicht allzu gravierend." Da keiner irgendwelche Einwände vorbrachte, marschierten sie in Richtung des in Flammen stehenden Waldes. Zum Glück wehte der Wind ihnen nicht von dort entgegen, so daß sie von dem Rauch verschont blieben. Je näher sie kamen, desto deutlicher wurden die Ausmaße der Brandkatastrophe. Von den vormals ausgedehnten Kiefernwäldern waren mehr als zwei Drittel vernichtet, und im Gegensatz zu den Waldbereichen, die ihnen zugewandt waren und wo das Feuer, dank der noch starken Nässe, kurz vor dem Erlöschen stand, fraßen sich die Flammenwände im Norden noch gierig weiter. Nachdem sie einige Zeit am Rande des Waldes entlanggegangen waren, erreichten sie die Gebiete, wo sich das Feuer bis an die Kahlfläche vorgearbeitet und erst dort erloschen war. Kopfschüttelnd betrachtete Meike die verbrannten Stümpfe, als ihr zwischen all dem schwarzen, verkohlten etwas Glänzendes auffiel. Rasch machte sie die paar Schritte über den noch schwelenden Boden, bückte sich und hob das kleine Metallteil auf, um es allerdings sofort, mit einem Schmerzenslaut wieder fallen zu lassen. "Ahh, aua, ist das heiß!" Beim zweiten Versuch war sie vorsichtiger und benutzte ihr Taschentuch als Isolierung.

"Zeig mal, was ist es denn!" forderte Jondras Meike auf. Meike schlug das Tuch auseinander.

"Es ist die Spitze eines Elfenspeeres!" rief er erschrocken aus.

"Die kann aber nicht von unseren Mädchen stammen", stellte Sara fest, "oder", wandte sie sich an Sebor, "benutzt Renata derartige Waffen?"

"Nein, ich habe noch nie erlebt, daß sie überhaupt schon einmal irgendeine Waffe in den Händen gehalten hätte."

"Dann können wir wohl davon ausgehen, daß Welard und seine Begleitung, aus welchem Grund auch immer, hier gewesen sein müssen", folgerte Jondras, "wenn mir auch nicht einleuchten will, was sie so weit von ihrem Kurs zu der Ruinenstadt abgebracht haben könnte."

"Hier sind auch menschliche Fußspuren", rief Killy aufgeregt, die während der Unterredung die Umgebung weiter abgesucht hatte.

"Das ist bestimmt Beate gewesen", mutmaßte Meike, die die Größe der Abdrücke mit ihren Schuhen verglich, "und es muß vor dem Brand gewesen sein, weil es auch in den Spuren schwarz ist."

"Du hast recht", bestätigte Jondras, "zudem sind die Ränder der Spuren stark eingefallen, was mit Sicherheit auf den heftigen Regen vergangene Nacht zurückzuführen ist."

"Folgen wir den Spuren", schlug Bernhard vor, "vielleicht entdecken wir etwas, was uns mehr Aufschluß über all diese Geheimnisse gibt!"

Während ihres weiteren Weges kamen sie auch an der Stelle vorbei, wo die Gumben nach Gnumba und Beate gegraben hatten. Diese halbfertige Grabung sorgte für weiteres Rätselraten bei den Gefährten. Zwischendurch waren sie gezwungen, sich zwischen den verkohlten Bäumen zu verbergen, als ein Hubschrauber über dem Brandgebiet kreiste. Kurz nachdem dieser verschwunden war, erreichten sie eine große Lichtung, vor der Meike überrascht abstoppte und dann mit einem lauten Freudenschrei losrannte.

"Beeeaaa!"

"Meike?!"

Die beiden Mädchen fielen sich überglücklich in die Arme, dabei erblickte Meike die kleinen Gumben und Elfen auf der Erde. Völlig perplex trat sie einen Schritt zurück: Schon wieder eine andere, menschenähnliche Lebensform! Auch ihre Begleiter, die jetzt ebenfalls

hinzugekommen waren, staunten nicht schlecht. Wieder einmal gab es etliches zu erklären und zu berichten. Doch wurde alles von der Freude, die jeweils Gesuchten heil und gesund wiedergefunden zu haben, überstrahlt. So saßen sie dann auch recht zufrieden beisammen – die Gumben hatten mit Beates Hilfe schon vor Eintreffen der neuen Gruppe einen größeren Bereich innerhalb ihres Dorfes von der Ruß- und Ascheschicht befreit - und stärkten sich teils von Mitgebrachtem teils aus Vorräten der Gumben.
"So, dann fehlt zu unserem Glück also nur noch, daß Welard, Gezzo und Begleitung mit Wira unversehrt hier auftauchen!" stellte Sara fest.
"Ja, genau, eigentlich hatte ich sie schon eher zurückerwartet", sagte Grufflan mit sorgenvollem Gesicht, "hoffentlich sind sie nicht in Schwierigkeiten!"

18

Bregard konnte bei genauem Hinsehen in dem schwachen Sternenlicht bereits schemenhaft die Bewegungen der Spinne unter sich ausmachen. Nun gut, aber kampflos wollte er der Spinne nicht zum Opfer fallen! Mit grimmigem Gesicht zog er sein Schwert und hielt sich bereit. Das Tier, das schon beinahe in seiner Reichweite war, zögerte einen Moment, um dann mit vorsichtigen Bewegungen weiter vorzurücken. Bregard ließ seine Waffe vorschnellen. Die Spinne jedoch war auf der Hut und wich mit unglaublicher Schnelligkeit aus, um dann sofort selbst einen Vorstoß zu wagen. Bregard gelang es so eben noch, den Klauen zu entkommen und mit einem Schwertstreich eines der Beine abzutrennen. Wieder zog sich die Angreiferin zurück und lauerte auf eine neue günstige Gelegenheit. Dabei blockierte sie den Weg nach unten so geschickt, daß Bregard sich nicht, wie er es gerade in Erwägung gezogen hatte, einfach an ihr vorbeifallen lassen konnte. Plötzlich sah er ein Beinpaar der Arachnide auf sich zuzucken. Gedankenschnell riß er das Schwert hoch, doch das Manöver war nur eine Finte gewesen! Während er sich auf diese Beine konzentriert hatte, packte ihn die Spinne mit zwei anderen und entriß ihm mit der Klaue eines weiteren Beines das Schwert, welches klappernd in der Tiefe verschwand. Bregard wehrte sich mit allen Kräften, aber das Tier war stärker und hatte zudem noch den Vorteil der acht, beziehungsweise, seit seinem zweiten Hieb, sieben Gliedmaßen. Es drehte sich in dem Schacht und befestigte einen Haltefaden an dem den Schacht verschließenden Gitter, so daß es alle Beine für sein Opfer frei hatte. Bregard konnte nicht mehr verhindern, daß die Spinne ihren betäubenden Biß setzte und ihn anschließend in einem derartigen Tempo einwickelte, daß ihm schwindelig wurde. Dann erlöste ihn gnädig die Bewußtlosigkeit, und er versank in traumlose Schwärze. Als sein Denken wieder einsetzte, fühlte er noch immer die klebrigen Fesseln der Spinne,

allerdings war sein Gesicht, wie er beim Öffnen der Augen bemerkte, davon befreit worden. Er lag in einem von Urkalans kameraüberwachten Räumen, wie ein Rundblick offenbarte. Bregard versuchte sich zu bewegen, aber einerseits hielten ihn die Fesseln und andererseits war das Gefühl noch nicht in alle Bereiche seines Körpers zurückgekehrt - noch wirkte das Gift der Spinne nach. Seine Bemühungen, sich zu bewegen und die offenen Augen waren jedoch sofort bemerkt worden; im Wandlautsprecher knackte es, dann erscholl eine verstellt klingende Stimme: "Guten Morgen Elf! Ausgeschlafen? Ha, ha, ha! Da habe ich ja genau den Richtigen erwischt! Du bist doch der, der sich mit dieser Camilla herumtreibt, nicht wahr? Dann wirst du mir ja sagen können, wo ich sie finden kann!"
Bregard schüttelte den Kopf, um einen klaren Gedanken fassen zu können. Woher wußte Urkalan von seiner Beziehung zu Camilla, und woher kannte er ihren Namen? Der Sprecher hatte sein Kopfschütteln offenbar als Ablehnung interpretiert, denn er reagierte wütend. "Du willst es nicht sagen? Ich habe Mittel, dich zu zwingen!"
Bregard hatte zwar mit seinen Kopfbewegungen derartiges nicht ausdrücken wollen, aber das war insofern gleichgültig, als er sowieso fest entschlossen war, nichts von sich zu geben, was Camilla in Gefahr bringen konnte, und dazu gehörte natürlich auch ihr derzeitiger Aufenthaltsort. "Von mir erfährst du nichts, du Ungeheuer!" murmelte er undeutlich, denn auch sein Mund fühlte sich noch an wie ein nicht zu ihm gehörendes Körperteil.
"Das werden wir ja sehen!" war die Reaktion seines unsichtbaren Gegenspielers. Bregard vernahm das Summen von Insektenflügeln und erblickte insgesamt fünf Wespen - ausnahmsweise einmal Tiere von natürlicher Größe - die sich auf seinem Körper niederließen. Er biß in Erwartung der für ihn vermutlich tödlichen Stiche die Zähne zusammen und schloß die Augen. Die Wespen stachen jedoch nicht, sondern bissen ihn mit ihren scharfen Kiefern in die Finger,

Zehen und Ohrmuscheln. Es schmerzte furchtbar! Bregard wand sich in seinen unüberwindlichen Fesseln und preßte den Atem zischend zwischen den Zähnen heraus.
"Nun, überlegst du dir es jetzt noch einmal anders?"
"Nein, auuaahh, nein, niemals!"
"Wenn du deine Finger behalten willst, solltest du es aber! Fangen wir mit dem kleinen Finger der linken Hand an." Bregard fühlte das grausame, scharfe Stechen, als sich die Beißwerkzeuge einer der Wespen um das oberste Glied des besagten Fingers schlossen, dann schoß der Schmerz durch seinen ganzen Körper, als der Finger durchtrennt wurde. Bregard, der sich von der Betäubung noch immer nicht vollständig erholt hatte, fiel erneut in Ohnmacht. Als die Umgebung wieder klar um ihn wurde und er die Augen aufschlug, erklang sofort wieder die kalte Stimme seines Peinigers: "Sprich! Oder soll ich weitermachen?"
"Du kannst mir meinetwegen alle Gliedmaßen abtrennen, du kannst mich umbringen, ich sage dir nichts!" schrie Bregard voller Zorn und Qual.
Die Stimme schwieg überrascht eine Zeitlang.
"Also denn, wenn nicht so, dann eben anders!"
Bregard wappnete sich innerlich gegen die neuen Schmerzen, die man ihm nun sicherlich zufügen würde, aber es kam ganz anders: Eine Gottesanbeterin kam hereingekrabbelt, erklomm die Menschenliege, auf der er lag, postierte sich hinter ihm und hob seinen Oberkörper scheinbar mühelos an, so daß er den Raum vor sich überblicken konnte. Die Tür war offengeblieben, und Bregard erwartete, daß nun wahrscheinlich Urkalan erscheinen werde. Was jedoch kam, waren zwei weitere Gottesanbeterinnen, die sich etwas entfernt von seinen Füßen aufstellten. Dann brummte eine riesige Libelle durch die Tür, in den Krallen trug sie - Wira! Das Insekt ließ das Mädchen zwischen die Gottesanbeterinnen fallen, die sie sogleich packten, aufrecht hinstellten und festhielten. Wira sah Bregard ängstlich an, was hatten sie mit ihnen beiden vor? Sie sollten nicht lange im Zweifel bleiben. Eine der

Fangschrecken schnappte mit ihren Kiefern den linken Oberarm Wiras. Langsam schlossen sich die Mandibeln, bis Wira schrie und das erste Blut hervorquoll.
"Du hast jetzt eine letzte Chance, mir zu sagen, was ich wissen will, sonst wird die Elfin vor deinen Augen Stück für Stück verstümmelt!"
Wira starrte mit angstgeweiteten Augen, aus denen die Tränen rannen, ins Leere. Bregard schüttelte sich in seelischer Pein; was er nun auch machte, es würde entweder Wira oder Camilla schaden! Die einzige kleine Hoffnung war, daß seine Freunde Camilla vielleicht schützen konnten. Ein weiterer gequälter Schrei Wiras verriet ihm, daß die Insekten ihr grausames Werk fortzusetzen begannen.
"Halt! Hört auf! Ich werde reden!" brüllte er.
"Das wurde aber auch Zeit! Ich verliere allmählich die Geduld! Also, wo ist sie? Und sei gewarnt! Sollte sich eine deiner Informationen als unrichtig herausstellen, geht es weiter. Und ich kann dir versichern, ihr Tod würde Stunden dauern und deiner anschließend nicht minder!"
"Du Teufel!!!" schrie Bregard haßerfüllt.
"Das gehört nicht hierher, Informationen bitte!"
Bregard sank in sich zusammen. "Camilla ist in dem Gumbendorf, östlich von hier, in dem Kiefernwald." Er schluckte schwer. Er hatte es gesagt! Was würde nun geschehen? Er spürte, wie die Gottesanbeterin ihn losließ, und sah dann, wie diese mit ihren Artgenossen und Wira das Zimmer verließen. Verzweifelt ließ er sich auf die Pritsche fallen. Wenn Urkalan Camilla nun tatsächlich finden und in seine Gewalt bringen würde! Warum wollte er ausgerechnet Camilla? Erfolglos durchkämmte Bregard seine Erinnerungen nach irgendwelchen Anhaltspunkten, ob Camilla Urkalan besonders geschadet haben konnte. Dann kam ihm der erhellende Gedanke: Camilla war es gewesen, die Bernhard angehalten hatte, den Felsbrocken auf die Brücke über den feurigen Abgrund zu schleudern, in den daraufhin Urkalan gestürzt war. Aber nein! Das hatte Urkalan ja gar nicht hören können. Es war zum

Verrücktwerden! Dazu noch diese durch die Fesseln unbequeme Haltung und die vielen Verletzungen. Bregard biß sich innen auf die Wange, um sich von den übrigen Schmerzen, besonders in dem Fingerstumpf, abzulenken. Etwa eine Stunde später wurde ihm seine Lage ein wenig erleichtert, als mehrere Wespen hereinkamen und im Gegensatz zu seinen Befürchtungen ihn nicht erneut quälten, sondern von den Fesseln befreiten. Bregard kam dies sehr gelegen, konnte er doch nun wenigstens seinen menschlichen, beziehungsweise elfischen, Bedürfnissen nachgehen, ohne sich beschmutzen zu müssen. Mehr gestand ihm sein Häscher allerdings nicht zu; er bekam etwas Wasser, aber keinerlei Nahrungsmittel. Abgesehen von dieser recht kleinen Schale mit Wasser hatte er auch nichts, womit er seine Verletzungen behandeln konnte. Sorge bereitete ihm besonders der Stumpf des kleinen Fingers, der noch immer nicht aufgehört hatte zu bluten. Schließlich fiel ihm - reichlich spät - sein Hemd ein, von dem er nun einen schmalen Streifen abriß, um mit einem Teil davon den Finger abzubinden und den Rest als Verband zu benutzen. Dieses Unterfangen war mit erheblichen Schwierigkeiten verbunden, da er dabei ja nur die rechte Hand zur Verfügung hatte und deshalb besonders das stramme Abbinden diffizil war. Aber schlußendlich hatte er es unter Zuhilfenahme der Zähne geschafft. Anschließend ruhte er sich von den ihm zugefügten Qualen aus - was sollte er auch sonst tun? - und wartete ängstlich gespannt darauf, etwas von oder über Camilla zu hören.

19

"Sie kommen!" ließ ein Ruf die versammelten Menschen, Elfen und Gumben aufspringen. "Gezzo und die Elfen kommen!" wiederholte der zuvor am Rand der Lichtung postierte Gumb. Alle sahen erwartungsvoll den Ankömmlingen entgegen; hatten sie Wira befreien können? Doch schnell wurde jedem klar, daß da etwas nicht in Ordnung war, denn statt der erhofften sieben Elfen kamen nur fünf.

"Ist Bregard schon bei euch angekommen?" war die erste Frage Welards, als sie erschöpft gelandet waren und überrascht Bernhards und Meikes Gegenwart und den verbrannten Wald registrierten.

"Nein, Bregard ist hier nicht angekommen!" drängte sich Camilla nach vorn. "Was ist denn mit ihm? Warum ist er nicht bei euch?"

"Er hat unss vor dem Abgriff einer riessigen Sspinne bewahrt", erklärte Gezzo und berichtete anschließend kurz, was sich dort unter der Erde abgespielt hatte. Während seines Berichtes wurde er plötzlich blaß und stockte.

"Was ist los Gezzo, ist dir etwas eingefallen, was Bregard passiert sein könnte?" wollte Camilla besorgt wissen.

"Ich glaube, er wollte die Sspinne auf einen anderen Weg locken und zu dem Zseitpunkt muß er ungefähr bei einem der Entlüftungssschächte gewessen ssein!"

"Und, was ist mit diesen Schächten?"

"Ssie ssind allessamt vergittert, wenn er da hinein isst, isst er in einer Ssackgasssse!"

Nun war es an Camilla, blaß zu werden. Auch wenn sie nicht mehr so richtig mit Bregard zusammen war, ging ihr sein Schicksal dennoch besonders nah. Die Gesichter der Umstehenden verrieten ebenfalls große Besorgnis und Angst.

"Können wir nicht wieder durch den Gang hinein, den ihr benutzt habt, und Bregard herausholen?" fragte Camilla mit zitternder Stimme.

"Dass wird wenig nützsen", gab Gezzo achselzuckend zurück, "sselbst wenn wir ungessehen hineinkommen, haben wir dasssselbe Problem wie vorher: Wie ssollen wir ess sschaffen, alle Türen zsur Überprüfung zsu öffnen, um ihn und dass Elfenmädchen zsu finden?!"
Camilla ließ die Schultern sinken und schaute hilfesuchend in die Runde. Doch sie sah nur ratlose, verzweifelte Gesichter, besonders Welard ging es sehr schlecht; zu der Angst um Wira kam nun auch noch der Verlust von Bregard, für welchen er sich verantwortlich fühlte. Camilla konnte es nicht ertragen, sie verließ den Kreis der anderen und wies sogar Lilas Begleitung zurück, um eine Weile mit ihrem Schmerz allein zu sein. Fieberhaft überlegend, was man unternehmen könnte, setzte sie sich an das Ufer des Baches und ließ die Beine hineinbaumeln. Das Surren von Flügeln unterbrach ihre Gedanken.
"Bitte, ich sagte doch, daß ich noch ein wenig allein sein möchte!" rief sie etwas unwillig und drehte sich um. Doch dort schwebte nicht, wie erwartet, Lila oder eine andere Elfe, sondern eine der Riesenlibellen! Camilla riß die Beine aus dem Wasser und stemmte sich hoch - zu spät! Das Insekt packte sie an ihren Flügeln und schoß mit ihr davon.
"Hiilfeee!"
Die ganze Versammlung am Boden geriet in Aufruhr, sämtliche Elfen versuchten zu folgen, allen voran Lila, aber, wie auch schon bei der Entführung Wiras, zeigte sich, daß Elfen nicht in der Lage waren, mit dem Tempo von Libellen mitzuhalten. Die einzige, die sich nicht abschütteln ließ, war Gnumba, die sich sofort nach Camillas Hilferuf auf ihren Falken geschwungen hatte und nun rasch näherkam. Camilla begann wieder zu hoffen, als sie die Gumbin erspähte, doch ihre Freude währte nicht lange. Schräg über Gnumba schloß ein mächtiger Greif auf, der genau in dem Augenblick zum Sturzflug ansetzte, in dem Gnumba mit ihrem Falken die Libelle angreifen wollte.
"Gnumba, paß auf! Hinter dir!" schrie Camilla so laut sie konnte. Gnumba sah über die Schulter zurück,

erkannte sofort die Gefahr und riß ihren Vogel in einer scharfen Wendung direkt vor den Krallen des Adlers fort. Jetzt, wo das Überraschungsmoment weg war, hatte der Adler, dank der größeren Beweglichkeit des Falken, keine Chance mehr, diesen zu packen, und beschränkte sich darauf, den kleineren Greif von der Libelle abzublocken, bis diese den Haupteingang zu dem unterirdischen Labyrinth erreicht hatte. Hilflos mußte Gnumba mitansehen, wie nun auch noch Camilla in die Gefangenschaft des Feindes geriet. Camilla war am Boden zerstört; warum hatte es ausgerechnet sie erwischen müssen? War es Zufall gewesen, weil sie etwas abseits gesessen hatte, oder war sie gezielt ausgesucht worden, und wenn ja, warum? Ihr Magen krampfte sich vor Furcht zusammen, wenn sie an die furchtbaren Experimente und Quälereien dachte, die Urkalan mit seinen Opfern anzustellen pflegte. Aber war es denn überhaupt Urkalan, der sie entführt hatte? Bernhard schien völlig sicher, daß dem nicht so war. Camillas Gedankengang wurde an diesem Punkt unterbrochen, da die Libelle ihren Bestimmungsort erreicht hatte, Camilla in einem kleinen Raum auf den Boden fallen ließ und im selben Flugmanöver wieder auf den Gang entschwebte. Ehe es Camilla gelang, ihre schmerzenden Flügel wieder unter Kontrolle zu bekommen, schloß sich die Tür, und ein Klicken verriet ihr, daß ein Entkommen vorläufig ausgeschlossen war. Das junge Mädchen versuchte krampfhaft einen klaren Gedanken zu fassen und die alles beherrschende Angst zu unterdrücken. Diesmal war es für sie bei weitem schlimmer, als letztesmal in Urkalans Gefangenschaft, weil sie jetzt ganz allein hier eingesperrt war und somit ziemlich sicher sein konnte, daß sich die ganze Aufmerksamkeit ihres Kerkermeisters auf sie richten würde. Nein, halt, Wira und Bregard waren ja, soweit noch am Leben, ebenfalls hier gefangen.
"Endlich sehe ich mich am Ziel!"
Camilla erschrak bis ins tiefste Innere, so plötzlich und unerwartet erscholl die Stimme direkt neben ihr aus einem Lautsprecher. Nach einem kurzen Rundblick

hatte sie auch die Kamera entdeckt, die direkt auf sie gerichtet war.
"Es hat leider etwas länger gedauert, als ich mir ausgemalt habe, dich letztlich in meinen Händen zu sehen, aber nun hat es ja zu einem befriedigenden Ende geführt!"
"Wer bist du, und was willst du ausgerechnet von mir?" rief Camilla, zwischen Wut und Angst schwankend.
"Du hast mich nicht erkannt? Das beleidigt mich! Aber ich will es mal auf die schlechte Übertragungsqualität der Lautsprecher zurückführen. Was ich von dir will? Du darfst nun den Rest deines wertlosen Lebens bei mir verbringen und dir alle Mühe geben, mich zu erfreuen!"
"Ich wüßte nicht, was mich dazu treiben sollte, derartiges zu tun", gab Camilla zornig zurück.
"Das ist schnell gesagt!" antwortete die körperlose Stimme mit einem Hauch Amüsiertheit, "es ist das Schicksal all deiner Freunde, das dich zu dieser Entscheidung bringen sollte. Schließlich entscheidest du so über ihr Leben oder ihren Tod! Und wie dieser Tod aussehen könnte, kann ich dir gerne vorführen, habe ich doch bereits zwei von ihnen in meiner Gewalt."
"Wira und Bregard!" entfuhr es Camilla, "wer auch immer du bist, du bist widerlich, grausam und gemein!"
Aus dem Lautsprecher erklang ein lautes Lachen.
"Richtig, genau diese. Und, wie fällt deine Entscheidung aus?"
"Ich will nicht, ich bin schon mit Bregard zusammen! Er wird sich und mich befreien!" sagte Camilla trotzig und wider besseres Wissen.
"Bregard, dir helfen? Da kann ich ja nur lachen! Der interessiert sich keinen Deut mehr für dich, der hat eine Bessere gefunden. Sieh selbst!"
Ein Teil der Wand schob sich zur Seite und offenbarte ein dick verglastes Fenster. Hinter diesem Fenster konnte Camilla Bregard und Wira gemeinsam auf einem Bett in inniger Umarmung, Mund auf Mund, erkennen. Der Anblick versetzte ihr einen heftigen Stich im Herzen, und Tränen stiegen ihr in die Augen. Erst jetzt merkte sie, wieviel ihr Bregard immer noch bedeutete.

Die Wand schloß sich wieder. Camilla hockte zutiefst verletzt auf dem kalten Fußboden. Wie konnte Bregard so etwas tun? Auch wenn sie nicht mehr zusammen waren, Wira war immerhin die Freundin seines besten Freundes Welard. Wie konnte er, und natürlich auch Wira, es nur fertigbringen, ihn so kaltherzig zu betrügen! Hoffentlich würde Welard nie davon erfahren, das gäbe eine Katastrophe!
"Ich warte! Aber nicht mehr lange, meine Kämpfer stehen bereit, allen den Garaus zu machen, egal ob Elfen, Menschen oder diese anderen kleinen Viecher, die da noch rumlaufen! Ich gebe dir noch genau zwanzig Sekunden Zeit!
Zwanzig, neunzehn, achtzehn, siebzehn, ..."
"Ich bin bereit zu bleiben", rang sich Camilla gequält ab, "wenn du mir versprichst, alle anderen zu verschonen. Auch Wira und Bregard!"
"Gut, so soll ..., WAS?!, die beiden auch?!"
"Ja, die beiden auch!"
"Wira? Na gut, meinetwegen. Aber Bregard nicht, mit dem habe ich noch eine Rechnung offen!"
"Ich will aber, daß beide freigelassen werden!" bestand Camilla auf ihrer Forderung, "sonst will ich auch lieber sterben!" Klopfenden Herzens wartete sie auf die Antwort. War sie zu weit gegangen, müßte sie jetzt tatsächlich ihr Leben lassen?
"Du sollst deinen Willen haben, auch der Elf wird hinauskommen! Deine Tür wird dir jetzt geöffnet, und du wirst den Gang rechts entlangfliegen, bis du an die dritte Tür zu deiner Linken kommst. In dem Raum werde ich dich erwarten. Versuche nicht zu fliehen, das wäre euer aller Todesurteil!"
Die Tür ihres Gefängnisses sprang auf, und Camilla folgte mit ungutem Gefühl den ihr erteilten Anweisungen. Nun hatte sie den besagten Raum erreicht und flog hinein. Es war Urkalans ehemalige Kontrollzentrale mit den vielen Bildschirmen, Knöpfen, Schaltern und Skalen. Rechter Hand war die große Verstärkermaschine mit - dem Rubin! Oder zumindest war es ein größeres Bruchstück desselben, welches

dort, von unsichtbaren Kräften gehalten, im Zentrum des Hohlraumes schwebte. Camilla sah nun zu dem zentralen Steuerpult hinüber, an der sich eine Gestalt als deutliche Silhouette vor den Lichtern abhob und sich jetzt zu ihr umdrehte. Camilla verschlug es fast den Atem: "Eotan !!!!"

20

Wira wurde von schlimmen Alpträumen heimgesucht, in denen sie von Gottesanbeterinnen und anderen Insekten gequält wurde. Eines der Tiere umfaßte gerade mit seinen Beißzangen ihren Hals und preßte seinen Kopf auf ihren Mund. Nach Luft schnappend und schweißgebadet wachte Wira auf. Direkt vor ihren Augen befand sich ein bekanntes Gesicht, Bregard! Erschrocken stellte Wira fest, daß sie und Bregard in enger Umarmung, beide nackt, auf dem Menschenbett in ihrem Gefängnis lagen. Was hatte sie getan?! Sie konnte sich gar nicht erinnern, mit Bregard hier unten in einem Raum zusammengewesen zu sein, außer, als man Bregard offensichtlich zu einer bestimmten Aussage zwingen wollte. Ach ja, als sie in dieser Zelle zurück war, hatten die Gottesanbeterinnen sie weiter festgehalten und ihren Kopf in die Kissen gedrückt. Dann hatte sie einen Stich gespürt und gefühlt, wie man ihr irgendetwas injiziert hatte. Ab da wußte sie nichts mehr. Hatten sie und Bregard während dieser Zeit ... ? Hastig setzte sie sich auf und untersuchte sich rasch. Nein, es schien nichts weiter passiert zu sein! Zudem schien Bregard, ebenso wie sie vorher, in tiefer Bewußtlosigkeit gefangen. Voller Mitleid sah sie auf den jungen Mann; er war offensichtlich gefoltert worden, das bewiesen etliche systematisch verteilte Verletzungen an seinem Körper, sowie ein provisorisch verbundener Fingerstumpf an seiner linken Hand. Wira tat im Stillen Abbitte: Wie hatte sie nur etwas Derartiges von Bregard denken können?
Sie streichelte sanft seinen Kopf, wobei ihr auch noch die zerbissenen Ohrmuscheln auffielen. Der Ärmste! Sie erinnerte sich nun schwach, die Verletzungen auch schon bemerkt zu haben, als man anfing, sie vor Bregards Augen zu quälen. Das hieß, daß Bregard vorher offensichtlich den ihm zugedachten Folterungen mutig widerstanden hatte und sein Widerstand nur deshalb zusammenbrach, um sie vor weiterer Pein zu bewahren! Heftige Augenbewegungen hinter den

geschlossenen Lidern und Zucken von Armen und Beinen verrieten ihr, daß auch Bregard von wüsten Träumen geplagt wurde. Sachte schüttelte sie ihn, bis er die Augen öffnete.
"Wira! Wie komme ich hierher? Was ist passiert?"
"Ich weiß auch nicht so genau, was hier vorgeht", gestand Wira, "als ich aufwachte, fand ich uns in ziemlich verfänglicher Pose ... "
"Aber ich hab nichts ge ... !"
"Nein, nein, ich weiß! Man hat uns betäubt und dann, aus welchem Grund auch immer, in diese Umarmung gebracht, in der ich uns fand, als ich zu mir kam."
Bregard schüttelte den Kopf und sah an sich hinunter. "Man hat mir meine Kleidung genommen", stellte er fest, "was soll das Ganze bloß?"
"Das kann ich mir auch beim besten Willen nicht erklären."
"Ich glaube, unsere Chancen stehen nicht gerade gut", meinte Bregard, "zumindest für mich, denn derjenige, der uns gefangen hält, wollte von mir scheinbar nichts weiter, als Camillas Aufenthaltsort zu erfahren. Da ich ihm diesen nun verraten habe, wird er mich vermutlich als nutzlos einstufen und wahrscheinlich entsorgen, sobald er Camilla in seine Gewalt gebracht hat."
"Ah, jetzt verstehe ich!" rief Wira aus, "meine Entführung war nur ein Versehen, seine Häscher haben mich mit Camilla verwechselt. Als er mich über die Kamera gesehen hat, rief er aus: 'Das ist die falsche, könnt ihr nicht eine Elfe von der anderen unterscheiden', oder so ähnlich."
"Kommt dir sein Interesse an Camilla auch so eigenartig vor? Ich habe schon alle meine Erinnerungen durchgekramt, kann aber keinen Grund finden, aus welchem Urkalan unbedingt sie haben will."
"Ich glaube, wir haben es gar nicht mit Urkalan zu tun", vermutete Wira, "andererseits kann ich mir erst recht keinen anderen vorstellen, der erpicht sein könnte, speziell Camilla oder auch irgendeine andere besondere Elfe in seine Finger zu kriegen."

Schweigend hingen die beiden eine Zeitlang ihren Gedanken nach, bis Bregard wieder das Wort ergriff. "Wir müssen rasch einen Ausweg finden, ehe er Camilla fängt und wir für ihn überflüssig werden! Vielleicht können wir es sogar noch verhindern, daß er sie überhaupt bekommt, wenn wir hier schnell herausfinden. Meine Hoffnung beruht darauf, daß er uns nun womöglich nicht mehr so viel Aufmerksamkeit schenkt wie zuvor."

"Das kommt mir aber nicht so vor", widersprach Wira, "immerhin hat er noch den Aufwand getrieben, uns zu betäuben und in diese anstößige Pose zu bringen."

"Auf jeden Fall scheint derjenige, der jetzt hier herrscht, egal, ob Urkalan oder ein anderer, nicht mehr über die gleiche Macht und Möglichkeiten zu verfügen wie einst. Mir ist aufgefallen, daß nicht mehr so viele Kreaturen gleichzeitig auftreten, wie zum Beispiel damals die Heuschreckenschwärme und Greife. Außerdem stehen so effektive Räuber, wie die Reißzahnteufel scheinbar gar nicht unter seiner Kontrolle."

Plötzlich drehte sich Wira zu Bregard und hielt erschrocken die Hand auf den Mund. Dann beugte sie sich so weit zu ihm hinüber, daß ihr Mund direkt an seinem Ohr war. "Mist", flüsterte sie, "mir fällt gerade ein, daß ich mich mit unserem Entführer unterhalten habe, ohne daß er hier im Raum war. Das bedeutet, daß er alles hören kann, also auch das, was wir eben alles besprochen haben!"

"Natürlich! Sind wir leichtsinnig! Auch ich habe ja auf diese Weise mit ihm geredet", gab Bregard nun ebenso leise zurück.

"Wenn er uns eben zugehört hat", fürchtete Wira, "können wir das mit der nachlassenden Aufmerksamkeit wohl vergessen! Wir können es ja mal einfach ausprobieren. Ich habe, nachdem ich gefangen wurde, einmal die Kamera dichtgeschmiert, da kamen dann gleich seine Helfer, die natürlich auch die Tür öffnen mußten. Vielleicht klappt das noch einmal."

"Aber womit willst du die Kamera dichtmachen, wir haben ja nicht einmal Kleidung, die wir darüberhängen könnten", wisperte Bregard.
Wira schaute sich um, aber in diesem Raum gab es tatsächlich nichts Geeignetes. Kurzentschlossen biß sie die Zähne zusammen und brach die Kruste an ihrer Armverletzung auf, die ihr die Gottesanbeterin zugefügt hatte, und schmierte das neu hervorquellende Blut auf das Objektiv der Kamera. Bregard zuckte bei dieser Aktion zusammen, als sei es seine eigene Verletzung.
"Warum hast du nichts gesagt", beschwerte er sich, "das hätte ich doch auch machen können. Ich kann es nicht mitansehen, wenn du dir wehtust!"
"Laß nur, Bregard, das macht mir nichts aus. Du hast schon genug einstecken müssen. Jetzt müssen wir abwarten, ob er so reagiert wie letztesmal."
Offenbar waren sie nicht die ganze Zeit beobachtet worden, denn es dauerte über eine halbe Stunde, bis sie hörten, daß sich jemand an der Tür zu schaffen machte. Sofort starteten die Elfen und postierten sich zu beiden Seiten oberhalb der Tür.
"Nicht einfach so hinausfliegen", flüsterte Wira noch rasch, "letztesmal hockten zwei Gottesanbeterinnen auf halber Höhe hinter dem Türrahmen!"
Die Tür unter ihnen schwang auf, und zwei Gottesanbeterinnen, zwei Riesenameisen und eine monströse Hornisse kamen herein. Mit letzterer hatten sie nicht gerechnet! Sie war die einzige, die ihnen im Moment gefährlich werden konnte.
"Auf die Flügel!" rief Bregard, sich gleichzeitig auf die auf der Stelle schwebende Hornisse werfend. Wira tat es ihm gleich und mit einer kurzen, heftigen Kraftanstrengung brachen sie dem Insekt die Flügel, dieses sofort loslassend, um nicht mit zu Boden zu stürzen. Die Hornisse tobte mit nur noch einem intakten Flügel auf dem Boden im Kreis herum, während Wira, gefolgt von Bregard, tief unten durch die Tür hinausschossen. Wira hatte richtig getippt: Wie beim vorigen Mal klammerten sich zwei

Gottesanbeterinnen auf halber Höhe am Rahmen fest, den beiden Ausbrechern überrascht hinterherstarrend.
"Hoffen wir, daß er uns nicht zu schnell andere Fluginsekten oder Vögel hinterherschickt!" stieß Wira hervor, während sie den Gang hinunterrasten.
"Vielleicht merkt er es ja nicht sofort, immerhin konnte er es durch die Kamera in unserem Raum nicht verfolgen", erwiderte Bregard.
"Schon, aber der Gang ist ebenfalls mit Kameras bestückt", deutete Wira auf die Decke über ihnen.
"Das muß nicht unbedingt etwas heißen", beruhigte Bregard, "ich habe beobachtet, daß die nur in Betrieb sind, wenn so eine kleine rote Lampe daran aufleuchtet." So schnell es ihnen möglich war, jagten sie durch die Gänge, hoffend, irgendwie auf einen Ausgang zu stoßen.
"Halt! Komm zurück, Wira!" rief Bregard der im Moment führenden Elfin nach und stoppte abrupt. "Die Stelle kenne ich, hier können wir hinaus!" Er zeigte auf eine verrostete, schief in den Angeln hängende Eisentür. "Bis hier sind wir mit Gezzo gekommen, schnell hier hinunter!" Wira folgte Bregard in den finsteren Gang. "Wer ist Gezzo?" wollte sie keuchend wissen, "und flieg nicht so schnell, ich sehe überhaupt nichts!"
Bregard verlangsamte das Tempo und nahm Wira bei der Hand. Im ersten Moment hatte er auch gar nicht daran gedacht, daß er den Weg diesmal ohne Licht finden mußte. Während sie sich im Dunkeln vorwärtstasteten, klärte Bregard Wira über die Gumben und die Ereignisse auf, die auf Wiras Entführung gefolgt waren. Wira kam aus dem Staunen gar nicht wieder heraus. "Meine Güte, ist da viel passiert! Da kommt es mir beinahe vor, als sei ich schon Wochen weg!"
Der Widerhall ihrer summenden Flügel verriet Bregard, daß sie die Zisterne erreicht hatten. Langsam fühlte er sich auf dem Rundgang vor, bis er meinte, unter der Einmündung der Zuleitung angekommen zu sein, durch die Gezzo sie geführt hatte. Nach kurzer Suche hatten sie die Öffnung des Rohres ertastet und kletterten hinein.

"Ab jetzt wird es richtig schwierig", kündigte Bregard an, "ich habe mir zwar die Markierungen von Gezzo gemerkt, aber die können wir nun ja nicht sehen, und Gezzo ist x-mal abgebogen, um, wie er sagte, Einsturzstellen zu umgehen."
"Hört sich ja richtig vielversprechend an!" kommentierte Wira, und Bregard fühlte, wie sich der Druck ihrer Hand ängstlich verstärkte. Die folgenden Stunden waren entsetzlich; immer wieder mußten sie umkehren, weil sie an Stellen kamen, wo das Rohr blockiert war. Dann wiederum kamen sie plötzlich erneut bei dem unterirdischen Wasserspeicher heraus und mußten ihre Suche quasi von vorn beginnen. Zudem erschreckte sie jedes kleineste Geräusch; immer wieder hatten sie das Gefühl, sie würden verfolgt oder irgendetwas lauere ihnen auf. Irgendwann war Wira dem Druck nicht mehr gewachsen und ließ sich weinend auf den Boden sinken. "Ich kann nicht mehr, ich werde wahnsinnig! Immer denke ich, etwas schnappt nach mir! Wir finden hier bestimmt nie mehr heraus!"
Bregard griff Wira unter die Achseln und zog sie sanft hoch. Schluchzend ließ sie sich gegen ihn sinken und legte ihre Arme um seinen Hals. Bregard fühlte die Nässe ihrer Tränen an seiner Wange, ihre Brüste, das Pochen ihres Herzens und ihre Schenkel an den seinen. Er spürte, wie sein Körper ungewollt reagierte, und schob Wira hastig von sich. "Wir werden es schon schaffen!" sagte er mit rauher Stimme, "komm!"
"Bregard! Was ist denn? Laß mich doch hier nicht einfach so stehen! Gib mir wieder die Hand, ich will hier nicht auf einmal alleine sein!" jammerte Wira, die Bregards plötzlichen Stimmungswechsel nicht verstand. Bregard hielt inne, riß sich zusammen und streckte Wira seine vor Aufregung und Verlegenheit zitternde und schweißfeuchte Hand hin. Diese fassend, begriff Wira plötzlich. Armer Bregard! Nun, er war erst siebzehn und hatte sich halt noch nicht so unter Kontrolle. Am besten war es, gar nichts zu erwähnen und so zu tun, als hätte sie nichts bemerkt, sonst stürzte sie ihn womöglich noch mehr in Verlegenheit.

Auf jeden Fall hatte sie dieses Ereignis von ihren eigenen Ängsten und Sorgen abgelenkt und sie irgendwie wieder Mut fassen lassen. Kurz nach diesem aus Bregards Sicht peinlichen Zwischenfall verriet ihnen ein weniger muffig riechender, frischer Luftzug, daß sie sich der Außenwelt näherten. Fünf Minuten später standen sie draußen, nachdem sie sich vergewissert hatten, daß hier keine aktuelle Gefahr lauerte. Geschockt deutete Bregard auf den entfernten Wald, beziehungsweise auf das, was davon noch übrig war. "Das war noch nicht, als ich mit Welard, Gezzo und den anderen aufgebrochen bin! Vielleicht hat ja ein Blitz bei dem Unwetter den Wald in Brand gesetzt. Hoffentlich ist niemand von unseren Freunden zu Schaden gekommen! Komm, Wira, beeilen wir uns, wir müssen Camilla schnell warnen und sie vor dem Angriff schützen. Aber wir müssen aufpassen, denn derjenige, der uns gefangenhielt, hat mir gegenüber behauptet, daß seine Diener zum Angriff bereit stünden. Und, ob Bluff oder nicht, wir sollten lieber mit dem Schlimmsten rechnen!"
Je näher sie kamen, desto deutlicher wurden die Ausmaße des verheerenden Brandes.
"Das sieht hier jetzt alles so anders aus, daß ich mir nicht sicher bin, die Stelle wiederzufinden, wo das Gumbendorf war", sagte Bregard zweifelnd. Sie flogen bereits einige Zeit durch das immer noch extrem nach Rauch riechende ehemalige Waldgebiet.
"Ah!" rief Bregard plötzlich aus, "da ist der Bach! An dem lag das Gumbendorf."
"He, da ist ja auch Bernhard und noch zwei andere Menschen", zeigte Wira etwas mehr nach links. Sekunden später waren auch sie von den anderen entdeckt worden, und es gab eine erleichterte Begrüßung. Auch Welard wollte irgendetwas sagen, als er Wira endlich wieder in seinen Armen hielt, bekam aber kein Wort hinaus, sondern drückte nur dankbar lächelnd Bregards Hand.
"So, nun aber zu einer vordringlichen Sache", wandte sich Bregard an alle, gleichzeitig unruhig nach Camilla

Ausschau haltend, "der jetzige Herrscher dieser unterirdischen Anlagen, wer auch immer das sein mag, hat es auf Camilla abgesehen. Wir müssen sie unbedingt schützen!" Er sah die betroffenen Gesichter der Umstehenden, und ihm sank der Mut.
"Ist es ... ", flüsterte er, "bin ich zu spät?"
Die Nächststehenden senkten die Köpfe, und Killy begann zu weinen.
"Oh nein, das kann doch nicht wahr sein! Warum Camilla, warum ausgerechnet sie?!" schrie Bregard seine Verzweiflung hinaus, "ich bin schuld daran, ich allein!"
"Das ist nicht wahr, so darfst du nicht denken!" sagte Wira, die sich kurzfristig von Welard losgemacht hatte, besänftigend, "du hattest doch keine Wahl! Und du hast mir damit das Leben gerettet!" Dann klärte sie die gebannt Zuhörenden auf, was sich dort unten abgespielt hatte.
"Wer auch immer dort unten nun das Sagen hat", schluchzte Killy, "er steht Urkalan an perverser Grausamkeit in nichts nach!"
"Was meint ihr", wandte sich Wira nochmals an die Versammlung, "Bregard glaubt, daß dieser neue Machthaber bei weitem nicht über die Fähigkeiten Urkalans verfügt, zum Beispiel scheinbar längst nicht so viele Tiere gleichzeitig unter Kontrolle haben kann, und da habe ich mir gerade gedacht, weil wir hier doch so viele, und ja auch Menschen dabei sind, ob man nicht einfach mit Gewalt durch einen der großen Eingänge oder gleich durch mehrere eindringen sollte."
"Es könnte vielleicht gehen", sinnierte Bernhard, "wenn man alles zusammen betrachtet, hat er scheinbar auch gar nicht mehr so viele der großen Tiere zur Verfügung, und mit so ein paar von den Riesenratten könnte man schon fertig werden. Ich bin dafür, es zu versuchen, denn wenn man sieht, wie er handelt, scheint Eile geboten. Ich schlage vor, wir bilden zwei Gruppen, in denen jeweils Elfen, Gumben und Menschen vertreten sein sollten. Ich gehe zu der einen, da ich

wahrscheinlich ein bißchen stärker bin, und Beate und Meike zu der anderen Gruppe."
Schnell teilten Histran und Gnubbel die Elfen und Gumben, die mitsollten, auf die Gruppen auf, dann bewegten sich die zwei Einheiten auf die beiden ihnen bekannten großen Eingänge der unterirdischen Anlagen zu, während eine dritte Gruppe, die nur aus Elfen bestand, nach einer Idee von Lila versuchen sollte, im Vorfeld mit einem Scheinangriff die Wachen von den Eingängen fortzulocken.

21

Camilla starrte den Elf vor sich fassungslos an.
"Wie ich sehe, kennst du mich ja offenbar doch noch!" kommentierte Eotan Camillas Überraschung, "ich hoffe doch, daß du meine Wiedersehensfreude teilst!"
Camilla schüttelte leise den Kopf: "Warum, Eotan, warum tust du das alles?!"
Eotans gutgeschnittenes Gesicht verdüsterte sich.
"Das solltest du ja wohl am besten wissen, du warst es doch, die mich damals dem Frettchen opfern wollte, nur um dein eigenes Leben zu retten, und die mich dann anschließend vor allen anderen als elenden Feigling beschimpft hat!"
"Waaas? Ich wollte dich opfern? Du warst es, der mich ...., das gibt es doch gar nicht, du verdrehst alle Tatsachen!"
"Ha, jetzt redest du so, aber damals hast du mich unmöglich gemacht, so daß ich nicht mehr bei euch leben konnte. An jenem Tag habe ich Rache geschworen. Ich wollte dich zur Strafe für immer an mich binden, isoliert von allen anderen, und das ist mir ja nun auch gelungen! Komm her, zur Begrüßung gehört ja wohl auch eine Umarmung und ein Kuß.
Camilla rührte sich nicht von der Stelle, sie konnte das Unfaßbare noch nicht begreifen: Daß ein Elf alle anderen verriet, mit ihren Leben spielte und folterte, und das nur wegen einer ihm - zu recht, wie Camilla meinte – erteilten kleinen Kränkung!
"Komm jetzt her!" herrschte Eotan sie an, "oder ich vergesse meine Versprechungen hinsichtlich Wira und Bregard!" Wie betäubt ging Camilla die letzten Schritte auf Eotan zu, der die überhaupt nicht reagierende, steif in seinen Armen liegede Elfin heftig umarmte und auf ihre zusammengekniffenen Lippen küßte. Verärgert über ihre Unwilligkeit stieß er sie von sich. "Mir ist es gleichgültig, wie du dich jetzt benimmst, ich habe alle Zeit der Welt. Irgendwann wirst du mich begehren, wenn du realisierst, daß es keinen Weg mehr hier

hinaus gibt!" zischte er und wandte sich einem der Bildschirme zu, über dem eine rote Lampe blinkte.
"Ha, sie versuchen es tatsächlich noch einmal! Jetzt werden sie mich richtig kennenlernen! Du darfst mit zusehen, wie deine Freunde endgültig scheitern und zu Tode kommen!"
"Eotan, du hast versprochen, ihnen nichts zu tun!" schrie Camilla.
"Sie greifen an, nicht ich", erwiderte Eotan mit kalter Stimme, "somit fühle ich mich an meine Zusagen nicht mehr gebunden! Jetzt kannst du sehen, über welch hervorragende Technik Urkalan verfügt hat. Ich brauche mich nur im Empfangsfeld des Steines zu befinden, dann werden meine Gedanken als Befehle an meine Helfer weitergegeben. Du brauchst übrigens nicht den Versuch zu machen, es selbst zu versuchen, es funktioniert nur bei der Person, auf die der Stein abgestimmt wurde! Ich habe fast ein halbes Jahr gebraucht, um die richtige Einstellung herauszubekommen."
Camilla fühlte sich ertappt. Sie hatte tatsächlich sofort, als Eotan die Wirkungsweise des Steines beschrieb, daran gedacht, dies für ihre Zwecke zu nutzen. Gebannt verfolgte sie nun auf einem der Bildschirme, wie sich eine Gruppe Elfen, unter denen sie auch Lila erkannte, dem Haupteingang näherte. Sofort ließ Eotan die Wachen auf sie los, woraufhin die Elfen abdrehten und sich in dem weitläufigen Trümmerfeld verstreuten. Eotan teilte die Verfolger auf, um die einzelnen Elfen einzufangen, zeigte dabei aber eine immer verdrossenere Miene. Camilla bemerkte schnell, daß die Kontrolle, die Eotan über seine Diener hatte, immer ungenauer wurde, je weiter er seine Kräfte verteilen mußte. Verärgert drehte Eotan an einem der Knöpfe vor sich. Daraufhin wurde das Glühen des Rubins stärker, und er fing ganz leicht an zu vibrieren. Fast augenblicklich war die volle Kontrolle wieder hergestellt, und es schien nur noch eine Frage der Zeit, wann die Elfen eingefangen würden. Camilla ließ ihre Blicke kurz über die vielen anderen Monitore wandern.

Da, was war das? Camilla zuckte zusammen, was Eotan glücklicherweise nicht mitbekam. Auf einem Monitor hatte Camilla weitere Eindringlinge unter Führung Bernhards erspäht. Diese Gruppe hatte, wenn sie es richtig sah, den Weg genommen, den Lila, Anna und Meliolantha einst entdeckt hatten. So unauffällig wie möglich bewegte sie sich auf den Monitor zu, um ihn, so gut es eben ging, mit ihrem Körper abzuschirmen.
"Verflucht, was ist das?!" brüllte Eotan unvermittelt und sah zu einem der anderen Bildschirme. Auch dort hatten es Elfen, Gumben und die beiden Menschenmädchen geschafft, an den abgelenkten Wachen vorbeizuschleichen und unbemerkt ins Innere der unterirdischen Anlage vorzudringen. Mit wutverzerrtem Gesicht beorderte Eotan mehrere der Riesenratten in die Richtung der Eindringlinge. Obwohl er dazu die Energiezufuhr zu dem Stein noch weiter erhöhte, so daß dieser nun schon in einem hellen Rot glühte und in seinen Schwingungen vor ihren Augen zu verschwimmen begann, gelang es ihm nicht mehr, alle eingesetzten Tiere in seiner Gewalt zu halten. Deshalb konzentrierte er sich nun ganz darauf, die bereits in den Gängen befindlichen Gegner zu bekämpfen und überließ die oberirdischen Sklaven sich selbst. Diese brachen, wie Camilla zu ihrer großen Freude bemerkte, auch sogleich die Verfolgung ab und verteilten sich ziellos in dem oberirdischen Teil der Stadt.
"Du brauchst gar nicht so blöd zu grinsen", keifte Eotan sie an, "dir wird das Lachen schon noch vergehen! He, was ist das da hinter dir? Geh sofort da weg!"
Mit zornrotem Kopf warf er Camilla zu Boden und stieß ein neuerliches Wutgeheul aus, als er erkennen mußte, daß ihn noch eine weitere Gruppe vorläufig überlistet hatte. Camilla, die sich mit schmerzendem Ellbogen, auf den sie gefallen war, wieder aufgerappelt hatte, entging nicht, daß Eotan in Schwierigkeiten steckte. Er schien immer nur eine seiner Kampftruppen gleichzeitig effektiv lenken zu können, und da er sich nicht recht entscheiden konnte, welche Gruppe ihm gefährlicher

war, wirkten die Ratten, die seine beiden Hauptstreitmächte bildeten, alles andere als zielstrebig.
Nur zu leicht ließen sie sich immer wieder von herumschwirrenden Elfen ablenken und wurden dann ein leichtes Opfer für die mit kräftigen Knüppeln ausgestatteten Menschen. Immer weiter drangen beide Gruppen in Richtung der Zentrale vor, deren Lage ihnen ja noch vom letzten Mal bekannt war. Camilla betrachtete den Fortgang der Aktionen mit Genugtuung. Es würde sicherlich nicht mehr lange dauern, bis sie hier waren.
"Gib doch auf, Eotan!" bat sie, "wenn es jetzt noch Tote gibt, wird alles noch viel schlimmer für dich, und du siehst doch, daß du es nicht schaffen kannst!"
"Halt dein schändliches Maul, Schlange!" schrie er sie an und schlug ihr mit aller Kraft die Fäuste in Gesicht und Bauch. Camilla brach zusammen und krümmte sich auf den kalten Steinen, während Eotan weitertobte und ihr zusätzlich noch brutale Fußtritte verpaßte.
"Das war noch lange nicht das Ende, du wirst schon sehen! Ich habe noch andere Möglichkeiten, mich zu wehren, von denen ihr keine Ahnung habt!"
Mit diesen Worten kehrte er an seinen Platz zurück und begann, mehrere Schalter und Knöpfe zu bedienen.

22

Lila war stolz, daß ihr Plan aufging. Genau wie gehofft, ließen sich die Wachen von den Eingängen weglocken. Allerdings war die Situation nun für sie gefährlich, da die Libellen, von denen hier mehrere im Einsatz waren, ihnen an Kraft und Schnelligkeit überlegen waren. Ein besonders großes Exemplar folgte ihr, als sich die Elfengruppe verteilte, um die Gegner zu zerstreuen. Lila schlug einen Haken nach dem anderen, aber die Libelle war nicht nur schneller, sondern auch wendiger als sie. Allmählich ging ihr die Puste aus, und einmal konnte sie sich nur noch dadurch retten, daß sie die Flügel anlegte und sich fallen ließ. Die Libelle, die direkt hinter ihr gewesen war, schoß so über sie hinweg. Aber das verschaffte ihr nur eine unwesentliche Atempause; schon hatte das Insekt gewendet und jagte wieder auf das fliehende Elfenkind zu. Lila stellte sich schon auf das Gefühl der zupackenden Beine und Kiefer ein, dabei das Letzte aus sich herausholend. Nach einer kurzen Weile, als das Insekt sie immer noch nicht gefangen hatte, schaute sie über die Schulter zurück und konnte feststellen, daß die Libellen bei ihr, wie auch bei den anderen, die Verfolgung aufgegeben hatten und zum größten Teil schon verschwunden waren oder an ihnen uninteressiert in der Gegend umherirrten.
"Schnell, das ist unsere Chance!" rief Lila ihren Mitstreitern zu, "hinter den anderen her, vielleicht können wir ihnen noch helfen!" Damit schwenkte sie, gefolgt von Renata, zum Haupteingang ab, während die übrigen Elfen den anderen Weg hinter Bernhard her nahmen. Während ihres Fluges entdeckten sie mehrere vermutlich von Beate und Meike erschlagenen Riesenratten. "Wir müßten die anderen bald eingeholt haben", meinte Lila, "allzuweit können sie es in der kurzen Zeit nicht geschafft haben!"
Noch während sie sprach, sahen sie das Ende der Gruppe vor sich um die nächste angbiegung verschwinden. Plötzlich war vor ihnen Geschrei zu vernehmen.

"Vorsicht, es kommt herunter! Kehrt um, zurück!" hörten sie Beates Stimme. Jetzt bogen auch sie um die Kurve und konnten sehen, was Beate gemeint hatte: Eine massive Steinplatte war von der Decke herabgeschwenkt und verwehrte ihnen den Weitermarsch. Jetzt rumpelte es auch direkt vor Lila, die gerade noch stoppen konnte, als vor ihr eine ähnliche Steinplatte aus einem großen Spalt in der Decke herabfuhr und sie und Renata von den übrigen abschottete.
"Verdammt!" rief Lila, "was jetzt?"
"Was, wenn es der Gruppe um Bernhard genauso ergangen ist?" fragte Renata mit wachsbleichem Gesicht. Ehe sie weitere Überlegungen anstellen konnten, waren neuerlich entsetzte Rufe aus dem abgeriegelten Gangstück zu hören. "Ess kommt auf unss zsu! Ess wird unss zerquetsschen!" Das war Gezzos Stimme. Auch die anderen Eingesperrten kreischten oder riefen um Hilfe. Lila legte ihren Mund direkt an den Spalt der Felsplatte vor sich: "Was ist los da bei euch? Nun sagt schon!" schrie sie so laut sie konnte. Nach einem kurzen Augenblick hörten sie Meikes sich vor Angst überschlagende Stimme auf der Gegenseite: "Die Felsplatte, die zuerst herunterkam, kommt jetzt auf uns zu! Wenn nicht ganz schnell was passiert, werden wir zerquetscht!"
"Oh nein! Lila, dir fällt doch sonst immer was ein, mach doch was!" flehte Renata mit Tränen in den Augen, "mein Papa ist auch da drin!"
Hektisch sah Lila sich um, aber hier war nichts zu sehen, was geeignet war, den Mechanismus zu stoppen. Dann blieb ihr Auge an der Decke hängen. Dort, wo eben die Steinplatte herausgekommen war, war ein Spalt geblieben, der für eine Elfe groß genug war. Mit wenigen Flügelschlägen war sie oben und schlängelte sich durch die Lücke. Hier oben war es im Gegensatz zu dem beleuchteten Gang ziemlich duster. Nur zwei kleine Notlampen glommen und tauchten die Szenerie in fahles Dämmerlicht. Hinter Lila kroch nun auch Renata in den flachen Raum, der sich über dem eigentlichen Gang befand. Vor ihnen bewegten sich

mächtige, steinerne Zahnräder, die dicke Holzbalken anschoben, welche wiederum auf eine gewaltige Hebelkonstruktion einwirkten, die die Steinplatte in dem Gang unter ihnen weiterschob. In Lila machte sich ein Gefühl der Ohnmacht breit: Wie sollten zwei kleine Elfen wie sie ein derartiges Monstrum zum Halten kriegen? Linkerhand hörten sie ein heftiges Rauschen und Platschen. Als sie sich dorthin bewegten, immer beleitet vom Schreien der Eingeschlossenen, entdeckten sie die Antriebsquelle der Falle; es war ein dickes, hölzernes Schaufelrad, auf welches aus einem darüber angebrachtem Rohr Wasser rauschte und es so in Bewegung hielt.
"Wir müssen irgendwie das Wasser stoppen!" schrie Lila gegen den Lärm an. "Sieh mal, Renata, da oben, das müssen wir uns näher ansehen!" Was Lila meinte, war eine Art Hebel, an dem das Rohr befestigt war und damit entweder über das Rad oder zu einer weiterführenden Rinne geschwenkt werden konnte. Dieser Hebel konnte von einem, offensichtlich später eingebauten, Elektromotor hin- und herbewegt werden. Lila und Renata versuchten gemeinsam das Rohr von dem Rad wegzuziehen, aber dazu reichte ihre Kraft bei weitem nicht. "Wir müssen diese Maschine ankriegen!" rief Lila, "schau mal nach, ob es hier irgendwelche Schalter gibt!" Lila, die natürlich ebenfalls suchte, fiel eine kleine Klappe an dem Motorblock auf. Sie hob diese an, und siehe da, dort gab es drei Schalter: Zwei schwarze, mit jeweils einem Pfeil, der bei einem nach oben, beim anderen nach unten zeigte. und einen dicken roten Knopf. Lila probierte einen der schwarzen. Sie mußte sich mit beiden Händen festklammern und mit den Füßen mit aller Kraft drücken, bis sie hörte, daß der Motor anfing zu brummen.
"Falsch!" schrie Renata, "er schiebt in die falsche Richtung!"
Lila spürte bereits, wie der Motor heiß wurde, als er sich gegen den unüberwindlichen Widerstand abmühte und dabei den Hebel gegen die Wand preßte. Es kamen schon die ersten stinkenden Qualmwolken aus dem

Gehäuse, während Lila verzweifelt auf dem anderen schwarzen Schalter herumtrat. Doch der erste, den sie betätigt hatte, blieb eingedrückt, und der andere ließ sich nicht bewegen. Schließlich probierte Lila den roten. Sofort sprang der erste Schaltknopf ein Stück heraus und das Summen des Motors verstummte.
"Lila, nun mach schon!!!" drängte Renata angesichts des immer lauter werdenden Schreiens unter ihnen.
"Ja, ja, ich beeile mich doch, aber dies doofe Ding macht nicht, was ich will!" rief Lila zurück, während sie erneut den zweiten schwarzen Schalter traktierte. Der Motor lief wieder an, und diesmal zog er das Rohr endlich von dem Wasserrad weg. Im selben Moment stoppten auch knirschend die steinernen Zahnräder, und in dem winzigen Stück Gang, das noch übriggeblieben war, brach lauter Jubel aus.
"Schön", sagte Lila, "aber das war ja noch nicht alles. Der Gang ist nach wie vor zu. Wir müssen die Dinger hier dazu bringen, die Steinplatten wieder wegzumachen! Dazu müßte sich das Wasserrad andersherum drehen, denke ich."
Nach kurzer Inspektion war jedoch klar, daß das Rad konstruktionsbedingt nur für eine Drehrichtung gebaut war. Da war guter Rat teuer. Schließlich fand Lila aber doch, was sie suchten: Ein Teil der Welle war verschiebbar, so daß das Zahnrad, welches an der Achse des Wasserrades befestigt war, entweder auf ein gegenüberliegendes oder auf ein direkt daneben befindliches anderes Zahnrad wirkte. Nach endlos scheinendem kräftezehrendem Zerren und Stoßen hatten Lila und Renata es geschafft, die neue Verbindung herzustellen, was in Anbetracht ihrer Körpergröße schon fast einem Wunder gleichkam. Nun setzte Lila den Motor nochmals in Gang. Das Wasserrad lief wieder an und begann, den tödlichen Mechanismus zurückzubewegen.
"He, Lila, ich glaube, wir sollten hier schnellstens raus, wenn wir uns nicht einen neuen Weg suchen wollen!" riet Renata, "wenn die vordere Steinplatte wieder oben

ist, kommen wir zumindest da nicht wieder heraus, wo wir hereingekommen sind!"
Lila antwortete gar nicht erst, sondern flitzte gemeinsam mit Renata zu dem Spalt, wo sie sich in letzter Sekunde hindurchquetschten, denn die Platte fing just an, sich zu heben. Unten erwarteten sie die blassen, noch von dem Schrecken eben gekennzeichneten Gesichter der gerade noch dem Tode Entronnenen.
"Wenn wir euch nicht gehabt hätten ...! " brachte Meike stockend hervor und wischte sich den Angstschweiß von der Stirn.
"Ihr müßt euch bei Lila bedanken", wehrte Renata ab, "ich wäre nie darauf gekommen, wie man mit den Maschinen oder wie man das nennen soll, umzugehen hat."
"Blödsinn!" konterte Lila, "ohne dich hätte ich das nie hingekriegt. Allein diese Zahnräder zu verschieben; dafür hätten meine Kräfte nie und nimmer gereicht!"
In diesem Moment hörten sie über sich ein gedämpftes Puffen, dem in geringem Zeitabstand scharf riechender Qualm folgte, der aus allen Ritzen drang.
"Ups", kommentierte Lila, "ich habe vergessen den Motor abzuschalten, der ist jetzt bestimmt verbrannt."
"Um sso bessser", war Gezzos Meinung, "dann kann die Falle wenigsstenss nicht wieder aktiviert werden!"
"Wir sollten uns beeilen, weiterzukommen, falls es den anderen ähnlich ergangen ist und sie unsere Hilfe brauchen", mahnte Beate zum Weitermarsch. Sie waren nun schon nicht mehr sehr weit von der Zentrale entfernt, als sie Geräusche aus einer offenstehenden Tür zur Rechten vernahmen. Es handelte sich um jenen Raum, in dem die Elfen und Bernhard bereits früher einmal eingesperrt gewesen waren. Erschrocken zögerten sie einen Moment, und Beate und Meike faßten ihre Knüppel fester, während auch alle übrigen, welche Waffen mit sich führten, diese bereithielten. Doch so tief der erste Schreck auch saß, desto größer war die folgende Erleichterung, als sie die zweite Befreiungsgruppe um Bernhard aus dem damals von

Anna, Lila und Meliolantha entdeckten Gang kommen sahen. Schnell berichtete Lila den neu Hinzugekommenen von der Falle, die der Gruppe um Beate und Meike beinahe zum Verhängnis geworden war, damit auch die übrigen die entsprechende Aufmerksamkeit aufbrachten, um zukünftig derlei Gefahren rechtzeitig zu erkennen. Während des weiteren Weges flogen Bregard, Lila, Renata und Histran als Vorhut voran, um die anderen vor möglichen Hinterhalten warnen zu können. Danach folgten Beate, Meike und weitere Elfen, und die Nachhut hinter den dazwischen befindlichen Gumben übernahmen Bernhard, Sara und Killy.

"Noch zwei Gangbiegungen, dann haben wir die Zentrale erreicht", erklärte Histran, "die wird sicherlich besonders bewacht und geschützt sein. Deshalb jetzt erhöhte Vorsicht!"

"Wäre es nicht sinnvoll, wenn wir ein bißchen weiter vorausflögen und jede Kamera zerstörten oder irgendwie sonst außer Betrieb setzten?" schlug Lila vor, "dann kann er nicht sehen, wann und wie viele sich ihm nähern."

"Tolle Idee!" nickte Histran anerkennend, "dort ist gerade eine, versuchen wir es!"

Nach kurzer Untersuchung fanden sie heraus, daß es recht einfach war, ihrem Feind die Sicht zu nehmen; sie mußten lediglich einen der Stecker aus dem Kameragehäuse ziehen, dann erlosch das rote Kontrollicht, und die Kamera folgte ihren Bewegungen nicht mehr.

"Jetzt, wo er uns nicht mehr sehen kann, sollten wir die Gruppe am besten wieder teilen und von zwei Seiten zu unserem Ziel vordringen", sagte Histran, "wartet hier, ich fliege zurück und erläutere den anderen, wie wir weiter vorgehen wollen!"

23

Trotz der ihr zugefügten Schmerzen und Blessuren hatte Camilla zufrieden mitverfolgt, wie Eotans Vorhaben, die Eindringlinge mittels der hinterhältigen Falle zu töten, mißlungen war. Wie das vonstatten gegangen war, hatte man zwar an den Monitoren nicht sehen können, nur, daß die beiden Steinplatten, die die Eingeschlossenen zerquetschen sollten, kurz vor ihrem Ziel stoppten und schließlich zurückwichen, den Gang freigaben und trotz aller wütenden Versuche Eotans nicht wieder in die von ihm gewünschte Richtung in Gang zu setzen waren. 'Bestimmt hat Lila wieder einen ihrer guten Einfälle gehabt!' dachte Camilla, als sie sah, daß sich, kaum daß die Steinplatten aus dem Gang schwenkten, Lila und Renata zu den gerade dem Tode Entronnenen gesellten. Hören, was dort gesprochen wurde, konnten sie und Eotan allerdings nicht, da es dort kein oder zumindest kein intaktes Mikrophon zu geben schien. Wenig später übertrugen die Kameras auf den Gängen die Wiedervereinigung der eingedrungenen Gruppen, danach, daß vier Elfen den anderen vorausflogen. Wenig später fiel jedoch eine Kamera nach der anderen aus, was neuerliche Zornesausbrüche Eotans zur Folge hatte. Die Adern auf seiner Stirn schwollen sichtbar an, und sein ohnehin schon gerötetes Gesicht wurde noch dunkler. Besorgt konnte Camilla auf dem Monitor, der den breiten Gang vor der Zentrale zeigte, erkennen, daß Eotan dort anscheinend die gesamten ihm verbliebenen Kreaturen sammelte, um die Angreifer zu empfangen. Es waren sehr viele. Zu viele, wie Camilla ängstlich erkennen mußte, als daß ihre Freunde ein leichtes Spiel hätten! "Na, glaubst du immer noch, ich müsse aufgeben?!" zischte Eotan, dem Camillas Erschrecken nicht entgangen war. Jetzt sah Camilla, wie am Bildrand Lila, Renata, Bregard und Histran erschienen. Unverzüglich jagten zwei Libellen und zwei Hornissen in ihre Richtung los, was die Elfen zum sofortigen Rückzug veranlaßte. Sekunden später waren sie, wie auch

Eotans fliegende Diener hinter der Kurve verschwunden. Kurz darauf sah man Lila erneut um die Ecke des Ganges spähen.
"Verflucht, wie haben die das gemacht?!" entfuhr es Eotan, und er schlug mit der Faust auf die Konsole, das es nur so schepperte. Erneut schickte er mehrere große Insekten los, denen diesmal sechs monströse Ratten folgten. Im selben Moment übertrug das auf dem Gang befindliche Mikrophon Lärm und Unruhe vor der Tür. Eotan war gezwungen, die Kamera zu schwenken, um zu sehen, was dort los war. Camilla ballte die Fäuste und preßte sie erregt gegen ihre Brust; die Kamera übertrug einen heftigen Kampf auf der anderen Gangseite, bei dem ihre Freunde, allen voran Bernhard, ganz klar die Oberhand hatten, weil Eotans Konzentration auf die anderen Angreifer gerichtet war. Eotan stieß unartikulierte Wutlaute aus, und in seinen Mundwinkeln zeigten sich erste Schaumspuren. Hastig drehte er die Energiezufuhr am Rubin höher, um die Kontrolle über das Geschehen zurückzugewinnen. Der Stein war bereits nur noch als verschwommenes weißrotes Glühen zu erkennen und sandte ein schrilles, unangenehmes Klingen aus, welches Camillas Ohren schmerzen ließ. Langsam und so unauffällig wie möglich schob sie sich in Richtung des Kontrollpultes. Vielleicht konnte es ihr gelingen, die Energiezufuhr so weit herunterzuregeln, daß ihre Freunde keine Schwierigkeiten mehr mit Eotans Kreaturen hatten. Eotan schien im Augenblick derart auf den Monitor konzentriert, daß es möglich sein sollte, das Pult zu erreichen.
"Ha", rief Eotan gerade aus, "ich werde meine Kämpfer in den Eingang zurückziehen, dann möchte ich sehen, wie sie weiterkommen woll... , halt, Teufelin, was machst du da!?" Er sprang zu Camilla hinüber, die gerade die Hand ausstreckte, um den Drehknopf zu erreichen. Mit brutaler Gewalt schlug er ihren Arm nieder, der dabei auf die Kante des Pultes geschmettert wurde und mit häßlichem Knirschen brach. Camilla schrie auf und starrte mit schmerzgeweiteten Augen

auf die weißlichen Knochenenden, die sich durch die Haut ihres Unterarmes gebohrt hatten. Eotan stieß sie von den Kontrollen fort, zu einem daneben stehenden Stuhl, gegen dessen Bein sie mit voller Wucht prallte, da sie sich mit dem zerstörten Arm nicht hatte abfangen können. Wimmernd sank Camilla zu Boden, hilflos Eotans nächsten Angriff erwartend. Der jedoch blieb aus, denn mittlerweile hatten die Elfen, Gumben und Menschen es ausnutzen können, daß Eotan abgelenkt gewesen war und seine Diener nicht so recht unter Kontrolle hatte und waren, die Reste Eotans 'Armee' vor sich hertreibend, in die Zentrale eingedrungen. Dann jedoch blieben sie verwirrt und unschlüssig stehen. Sie starrten überrascht auf Eotan und Camilla, dann wiederum suchten ihre Blicke den halbdunklen Raum nach dem Feind ab.
"Camilla, Eotan!" rief Lila drängend, "wo ist er? Wo hat er sich versteckt?!"
"Er ist es, er kämpft gegen uns!!" schrie Camilla und zeigte anklagend mit ihrem gesunden Arm auf Eotan. Ehe jedoch irgendjemand von ihnen reagieren konnte, packte Eotan das verletzte Elfenmädchen, riß sie mit einem Arm an sich. Mit der freien Hand zog er ein Messer und drückte es Camilla an die Kehle.
"Keinen Schritt weiter, oder sie stirbt!" brüllte er mit heiserer Stimme. Ein erster Blutstropfen erschien auf der hellen Haut von Camillas Hals, während sich die verbliebenen Ratten und Insekten um Eotan scharten.
"Macht sie fertig!" schrie Eotan diesen zu und, als die Tiere nur zögernd vorrückten, drehte er den Energiewahlhebel der Apparatur, in welcher der Rubin schwebte, auf volle Leistung. Das schrille Singen des Edelsteins wurde noch höher und steigerte sich in einem wilden Crescendo, bis es plötzlich einen berstenden Knall gab und der Raum um sie herum schlagartig dunkler wurde. Camilla, die bis dahin die scharfe Klinge an ihrer Kehle und Eotans kräftigen Arm um ihre Brust gespürt hatte, fühlte, wie sich der harte Griff lockerte. Das Messer fiel klappernd zu Boden, und der Elf stieß ein blubberndes Röcheln aus. Camilla riß

sich los, und Eotan stürzte nieder. Von dem Rubin war nichts mehr zu sehen, und die letzten Kreaturen jagten, soweit sie nicht von den Elfen, Menschen und Gumben erschlagen worden waren, davon. Camilla drehte sich um und sank neben dem reglosen Körper Eotans in die Knie. Auch ihre Freunde traten oder flogen hinzu. Dort lag ihr Feind, die Augen ungläubig aufgerissen und starr. Aus seiner Brust ragte ein blutroter, dolchähnlicher Splitter des zersprungenen Steines, der ihm mitten durch sein verdorbenes Herz gedrungen war. Schweigend standen sie um den Gefallenen, dessen Leben sich derart zum Bösen verändert hatte. Still beugte sich Histran vor und schloß dem Toten die Augen. Killy nahm Camilla in die Arme und drückte sie tröstend an sich. "Au, Vorsicht, mein Arm!" durchbrach deren Schmerzensruf nun die bedrückende Stille.
"Oh Gott, mein Kind, entschuldige!" rief ihre Mutter aus, erst jetzt voller Mitleid den geschundenen Arm Camillas bemerkend. Nun war der Bann gebrochen, und auch alle übrigen redeten nun wild durcheinander, das Geschehene kommentierend. Killy und ihre Schwester Sara schienten und verbanden unterdessen den gebrochenen Arm, den Grond, der alte Arzt der Gumben, zuvor sorgsam gerichtet hatte. Bevor sie nun die unterirdische Stadt verließen, bückte sich Bernhard zu Eotans Leichnam, zog den letzten langen Splitter des Rubins hervor und zermalmte ihn mit einem Stein zu feinem Pulver, welches er dann weit verstreute. Dieser verfluchte Stein würde niemals wieder Unheil anrichten! Dann schaltete er noch sämtliche Anlagen aus, bis auf die Beleuchtung, die ruhig noch brennen konnte, bis die Energievorräte erschöpft waren. Danach machten sie sich auf den Heimweg, den toten Elfen mit sich führend, um ihn draußen zu seiner letzten Ruhe zu betten.

- ENDE -

Weitere Bücher der Lila Reihe:

Elfen? Elfen! Sie leben neben uns, ohne daß wir von ihnen wissen. Lila ist eine von ihnen. Doch ihr sorgenfreies Leben ist bedroht. Ihr Elfendorf muß einem Straßenbau weichen, und als sie während des Umzuges bei ihren Verwandten untergebracht wird, damit sie in Sicherheit ist, geraten sie und ihre Cousine in die Fänge des üblen Magiers und Wissenschaftlers Urkalan. Mit viel Mut und Geschick gelingt den beiden die Flucht, und ihnen wird Hilfe von unerwarteter Seite zuteil: Von Menschen! Doch dann überschlagen sich die Ereignisse.

184 Seiten; 8 Farb-Illustrationen

Wieder einmal bricht großes Unheil über die Elfen herein. Ein schreckliches Massaker am Ullasee versetzt sie in Angst und Schrecken. Es dauert nicht lange, da wird ihnen klar, wer für den vielfachen Tod verantwortlich ist: Urkalan! Wie können Lila und ihre Freunde es schaffen, sich vor diesem übermächtigen Feind zu schützen? Ein gleichwertiger Gegner muß her, und sie finden die Zauberin Meliolantha, die zumindest eine kleine Chance haben sollte. Doch Urkalan ist noch weit stärker als befürchtet.

196 Seiten; 8 Farb-Illustrationen

Lila in großen Nöten! Nicht genug damit, daß sie nach einem Streit durch Unachtsamkeit einen Unfall verursacht, wird sie auch noch unabsichtlich "entführt" und findet sich hilflos in einem fernen unbekannten Land wieder. Als sie überstürzt zu entkommen versucht, wird sie verletzt und gerät in die Hände des Unterweltkönigs Moro. Durch tatkräftige Hilfe ihrer "Entführer" kann sie fliehen, doch Moro denkt nicht daran, sich eine solche Attraktion einfach entgehen zu lassen und beschließt, alles daran zu setzen, ihrer wieder habhaft zu werden. Eine auch für ihre Helfer folgenschwere Entscheidung, denn Moro geht im wahrsten Sinne des Wortes über Leichen.

192 Seiten; 10 Farb-Illustrationen

Eine unbekannte Krankheit, die entweder den Tod oder entsetzliche psychische Veränderungen der Betroffenen zur Folge hat, gibt den Elfen Rätsel auf und stellt sie vor schier unlösbare Probleme. Auch Lila wird mit ihren jugendlichen Freunden auf unangenehmste Art mit dieser neuen Bedrohung konfrontiert, die nicht nur alles intelligente wie auch tierische, sondern ebenso alles pflanzliche Leben bedroht und unwiederbringlich zu zerstören scheint. Kann es noch Hoffnung geben? Die Elfen versuchen alles, doch eine nach der anderen fällt der "tödlichen Königin" zum Opfer.

264 Seiten; 9 Farb-Illustrationen

Weitere Bücher des Autors:

Raven, von einem befreundeten Waldläufer zu einem geheimen Treffen gebeten, findet diesen tot vor. Einziger Hinweis ist ein goldener Ring mit einem Rubin, in dessen Innerem ein Abbild des Schlangengottes Kreatol zu sehen ist: Das Erkennungsmerkmal der dunklen Bruderschaft von Darrak, einer entsetzlichen Sekte, von der alle glaubten, sie sei in den großen Kriegen ausgelöscht worden. Raven zieht mit einer Truppe verwegener Krieger los, der Sache auf den Grund zu gehen. In einer anderen Gegend, in einem kleinen Dorf, wird auch Eskia, eine junge Frau von 19 Jahren, mit den Schrecken der Bruderschaft konfrontiert. Eine Horde Räuber überfällt ihr Dorf, ermordet ihre Eltern und mißbraucht auch noch ihre jüngere Schwester, welche anschließend von einem unheimlichen Wesen auf entsetzliche Art getötet wird. Außer Eskia, die alles aus einem Versteck beobachtet, überlebt niemand. Eskia schwört Rache und zieht los, kämpfen zu lernen, um dieses Vorhaben verwirklichen zu können. Die Wege und Abenteuer Ravens und Eskias, wie auch Lissas, der Prinzessin Shaks und Verlobte Ravens, die auseinander und wieder zusammenlaufen, sich kreuzen und überraschende Wendungen nehmen, bilden das Rückgrat dieses Romans. Abenteuer, Liebe, Eifersucht, Intrigen, Krieg und Tod können hautnah miterlebt werden. Ebenso die Konfrontation mit verschiedensten Wesen, unheimlichen, entsetzlichen oder einfach nur beeindruckenden.

Tauche ein in eine fremde, faszinierende Welt voller Schönheit und Schrecken!

464 Seiten

Weitere Bände der Shaktyri Triologie:

Shaktyri – Durghonds Rache
Shaktyri – Die Stunde der Keehin

Frank-M. Stahlberg

Anna - will nach Hause

Ein Märchen für Kinder ab 4 Jahren

Die fünfjährige Anna ist mit ihren Eltern auf dem Rückweg aus dem Urlaub. Während einer Picknickpause, bei der sich die Eltern vom Auto entfernt haben, um die schlafende Anna nicht zu wecken, erwacht diese, steigt aus und läuft hinter einem Schmetterling her. Ausgerechnet jetzt kehren die Eltern zum Auto zurück, steigen ein und setzen die Fahrt fort, ohne sofort zu merken, daß Anna nicht mehr im Auto ist. Anna sieht das Auto verschwinden und ist natürlich total verzweifelt. Sie rennt hinterher und verirrt sich dabei. Ein Frosch, der Anna weinend auf einer Wiese findet, bietet dem Mädchen seine Hilfe an. Da er jedoch nicht in der Lage ist, sie nach Hause zu bringen, sucht er einen neuen Führer für das Mädchen. So begegnet Anna auf ihrem Weg den verschiedensten Tieren, die ihr mit ihren Möglichkeiten zu helfen versuchen. Ein - trotz der ersten dramatischen Situation - heiteres Märchen, mit Witz, interessanten, wie abenteuerlichen Erlebnissen des Kindes mit den Tieren, bei welchen viele Eigenarten und Fähigkeiten jener, wie z.B. Frosch, Maulwurf, Blindschleiche, Wildschwein, Fledermaus und einigen anderen mehr, kennengelernt werden können.

52 Seiten; 23 Farb-Illustrationen